文春文庫

剣《けん》と十《じゅう》字《じ》架《か》

空也十番勝負（三）決定版

佐伯泰英

JN031359

文藝春秋

目次

「空也十番勝負」

主な登場人物

坂《さか》崎《ざき》空《くう》也《や》　江戸神保小路にある直心影流尚武館道場の主、坂崎磐音の嫡子。父の故郷・豊後関前藩から、十六歳の夏に武者修行の旅に出る。

渋《しぶ》谷《や》重《しげ》兼《かね》　薩摩藩八代目藩主島津《しまづ》重豪《しげひで》の元御側御用。

渋《しぶ》谷《や》眉《まゆ》月《つき》　重兼の孫娘。江戸の薩摩藩邸で育つ。

薬《やく》丸《まる》新《しん》蔵《ぞう》　薩摩藩領内加治木の薬丸道場から、武名を挙げようと江戸へ向かった野太刀流の若き剣術家。

丸《まる》目《め》種《たね》三《さぶ》郎《ろう》　肥後国人吉《ひとよし》藩タイ捨《しゃ》流丸目道場の主。

常《つね》村《むら》又《また》次《じ》郎《ろう》　丸目道場の門弟。人吉藩の御番頭。

奈《な》良《ら》尾《お》の治《じ》助《すけ》　帆船肥後丸の主船頭。

坂《さか》崎《ざき》磐《いわ》音《ね》　空也の父。故郷を捨てざるを得ない運命に翻弄され、江戸で浪人となるが、剣術の師で尚武館道場の主だった佐々木《ささき》玲圓《れいえん》の養子となる。

おこん　空也の母。下町育ちだが、両替商・今津屋での奉公を経て磐音の妻となる。

睦《む》月《つき》　空也の妹。

霧《きり》子《こ》　姥捨の郷で育った元雑賀衆の女忍。

重《しげ》富《とみ》利《とし》次《じ》郎《ろう》　尚武館道場の師範代格。豊後関前藩の剣術指南役も務める。江戸勤番。霧子の夫。

松《まつ》平《だいら》辰《たつ》平《ぺい》　尚武館道場の師範代格。筑前福岡藩の剣術指南役も務める。江戸勤番。妻はお杏《きょう》。

小《お》田《だ》平《へい》助《すけ》　尚武館道場の客分。槍折れの達人。

中《なか》川《がわ》英《えい》次《じ》郎《ろう》　尚武館道場の門弟。勘定奉行中川飛驒守忠英《ただてる》の次男。

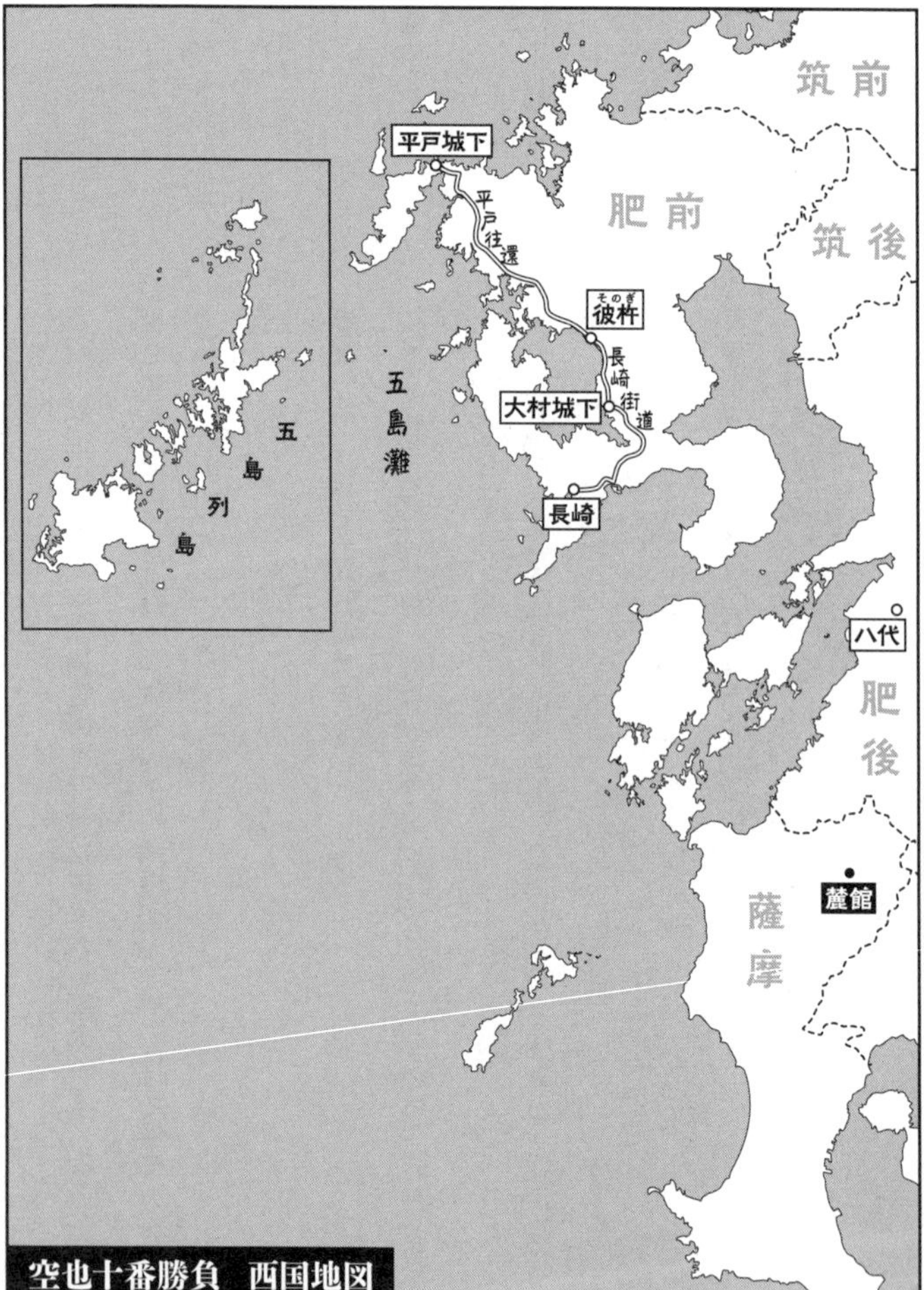

空也十番勝負　西国地図

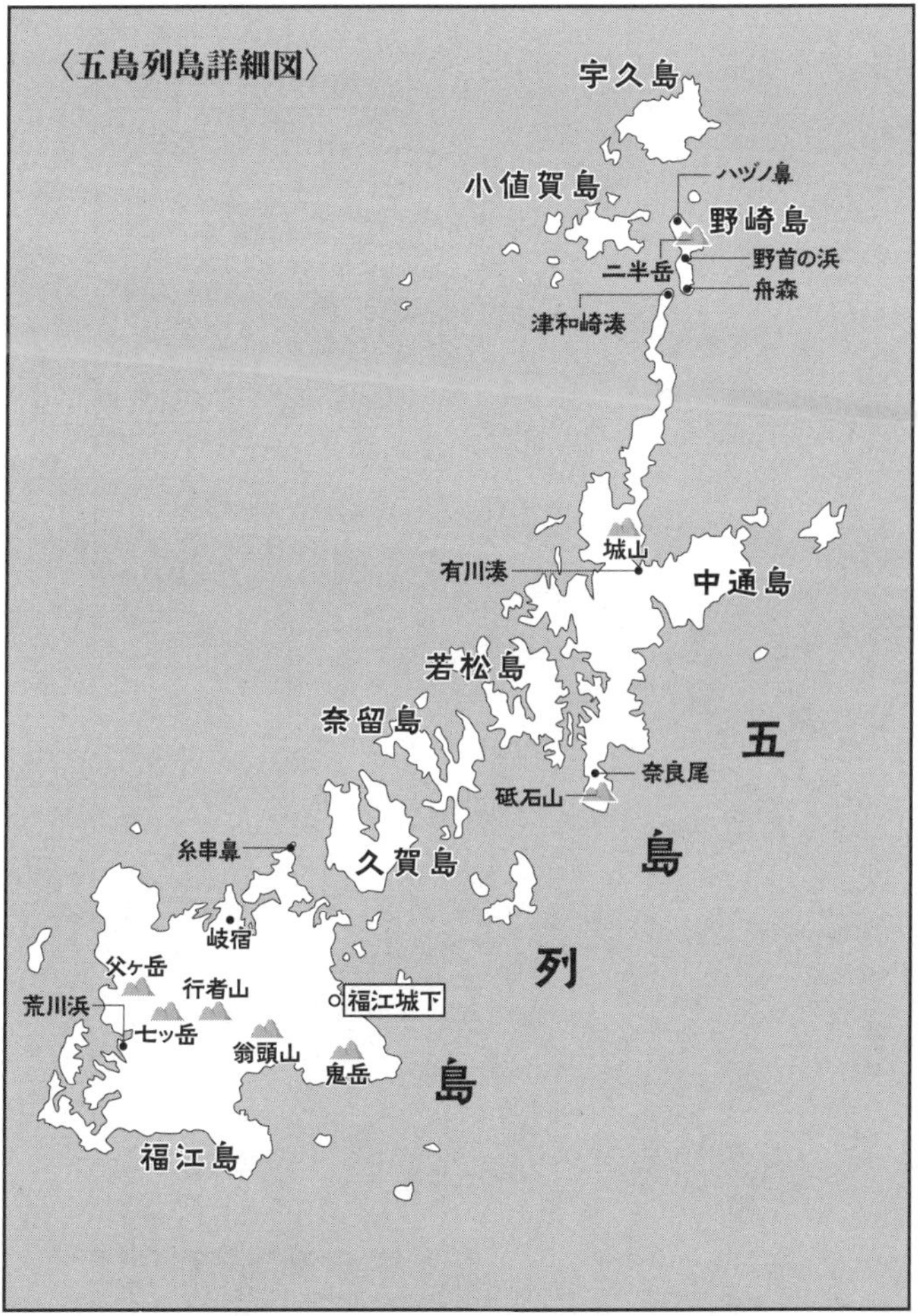
〈五島列島詳細図〉
宇久島
小値賀島
ハヅノ鼻
野崎島
二半岳
野首の浜
舟森
津和崎湊
城山
有川湊
中通島
若松島
奈留島
奈良尾
砥石山
糸串鼻
久賀島
岐宿
父ヶ岳
行者山
荒川浜
福江城下
七ッ岳
翁頭山
鬼岳
福江島
五島列島

東叡山
寛永寺
新吉原
山谷堀
尚武館小梅村道場
向島
竹屋ノ渡し
浅草
待乳山
聖天社
忍ケ岡
上野
下谷車坂町
三囲稲荷
今戸橋
不忍池
浅草寺
花川戸町
田原町
小梅村
常泉寺
下谷広小路
新寺町通り
新堀川
源森川
安藤家
下屋敷
吾妻橋
業平橋
湯島天神
御厩河岸ノ渡し
品川家
十間川
首尾の松
北割下水
吉岡町
今津屋
本所
法恩寺橋
和泉橋
天神橋
新シ橋
筋違橋御門
石原橋
浅草御門
柳原土手
南割下水
両国橋
入江町
横川
小伝馬町
回向院
竪川
松井橋
薬研堀
一石橋
浮世小路
大川
鰻処宮戸川
六間堀
魚河岸
猿子橋
新高橋
鎧河岸
小名木川
日本橋
日本橋川
新大橋
呉服町
万年橋
霊巌寺
鎧ノ渡し
深川
砂村新田
永久橋
金兵衛長屋
亀島橋
霊岸島
佐賀町
楓川
八丁堀
永代橋
仙台堀
永代寺
鉄砲洲
富岡八幡宮
越中島
佃島
堺橋
空也十番勝負　江戸地図

護国寺
中山道
日光御成街道
小石川
伝通院
本郷
下谷茅町
石切橋
牛込
豊後関前藩上屋敷
神田明神
水道橋
神田川
牛込御門
稲荷小路
表猿楽町
尚武館道場
駿河台
昌平橋
田安御門
市谷八幡宮
神保小路
九段坂
俎橋
雉子橋
市谷御門
一橋御門
千鳥ヶ淵
鎌倉河岸
善国寺谷通
麹町
神田橋
四谷
江戸城
四谷御門
本丸
大手御門
半蔵御門
道灌堀
西の丸
紀尾井坂
平川天満宮
和田倉御門
赤坂御門
馬場先御門
鍛冶橋御門
南町奉行所
京橋
溜池
数寄屋橋御門
三十間堀川
清水谷
氷川明神
木挽橋
原宿
愛宕権現
芝口橋
木挽町

本書は『空也十番勝負 青春篇　剣と十字架』（二〇一八年一月　双葉文庫刊）
に著者が加筆修正した「決定版」です。

編集協力　澤島優子
地図制作　木村弥世

剣と十字架

空也十番勝負（三）決定版

第一章　島の道場

一

坂崎空也《さかざきくうや》は帆船肥後丸《はんせんひごまる》の舳先《へさき》から重なり合う大小さまざまな島影を見ていた。島に到着するには、あと一刻（二時間）余の時を要するだろうと空也は思った。

陸地から島を見るのと海上で目測するのとでは、その間合いに開きがあった。

空也はこの数日、外海を行く船中で稽古《けいこ》をしながら、行く手の島影を眺めては、

「船頭衆、島まではあと十一里半ほどでよかろうか」

とか、

「あの帆船は五里ばかり先を走っておりますか」

などと尋ねた。

だが、船頭衆は空也の問いに笑みを返すだけだった。つまり空也の読みは大きく外れているのだ。とはいえ、何度も問答を重ねているうちに帆方《ほかた》の留吉《とめきち》が、

「お侍、だいぶ海に慣れてきたばい」

と笑った。

八代湊《やつしろみなと》を出てから何日が経《た》ったのか、空也は理解がつかなくなっていた。船酔いで時の流れが分からなくなったのではない。船中、昼間は甲板《かんぱん》で体を動かし、木刀を振るい、時に将軍徳川家斉《とくがわいえなり》から拝領した備前長船《びぜんおさふね》派の修理亮盛光《しゅりのすけもりみつ》を抜き打つ稽古を続けた。

夜になれば、甲板に座禅を組んで瞑想《めいそう》した。

眠るのは九つ（深夜零時）の刻限から七つ（午前四時）までの二刻（四時間）だけだ。

外海を航行する船頭衆は、交替で操船に励んでいる。

陸影を見ながら航行し、風向きが悪ければ湊に入る内海航海とは違い、外海を行く技量を肥後丸の船頭衆は持ち合わせていた。

昼夜の区別なしに航海する船頭、水夫《かこ》たちの食欲は旺盛で、めしは三度三度たっぷり食した。

　一方、空也は朝餉《あさげ》と夕餉《ゆうげ》の二食に留めた。

　武者修行の身は常に空腹であり、風雨に打たれても寺などの軒下《のきした》で仮眠するのが当たり前だ。船に乗ったからといって、格別その暮らし向きを変える要はなかった。

「高すっぽどん、あん島影がどこか知っとるな」

　有明丸《ありあけまる》と仲間に呼ばれる髭面《ひげづら》の舵方《かじかた》が空也に尋ねた。この肥後丸の乗組員のなかでいちばんの年長者が有明丸だった。

「いや、存じませぬ」

「あん島がたい、高すっぽどん、あんたの行き先たい」

「ほう、あの島がわが次なる修行の地ですか」

　空也の修行先を決めたのは、人吉《ひとよし》城下でタイ捨《しゃ》流の剣道場を開く丸目《まるめ》種三郎《たねさぶろう》だ。

丸目種三郎は空也が隣国の大藩薩摩《さつま》の御家流儀東郷《とうごう》示現《げん》流の筆頭師範、酒匂《さこう》兵衛《ひょうえ》入道《にゅうどう》と立ち合い、勝ちを収めていたことを知り、仇討ちを企てる東郷示現流の追っ手の眼が届かぬ地に空也を密《ひそ》かに送り込む手配をしてくれたのだ。

　だが、丸目種三郎とて、その後、空也が酒匂兵衛入道の三男参兵衛《さんのひょうえ》と尋常勝負に及び、寸毫《すんごう》の差で勝ちを得たことを知る由《よし》もなかった。

空也には参兵衛から受けた刀傷が脇腹《わきばら》にあった。

「あん島はたい、福江島《ふくえじま》ばい」

「ふくえ島ですか」

空也はふくえ島がどのような字を書くのか、どこにあるのかも知らなかった。ただ、その島が武者修行の地だと、たった今分かった。

「高すっぽどんは福江島を知らんとな」

空也は首を横に振った。この船でも相変わらず高すっぽと呼ばれていた。

「肥前《ひぜん》福江藩、またの名を五島《ごとう》藩とも呼ばれるたい」

「大名家ですか」

「おお、五島の殿様が藩主たい。石高は一万二千石ほどの貧乏大名たい。江戸ではだれも知るめい」

有明丸が説明を加え、空也が曖昧《あいまい》に頷《うなず》いた。

肥後丸の船頭衆は、空也が江戸者だろうと睨《にら》んでいた。主船頭である奈良尾《ならお》の治助《じすけ》が有明丸に説明を命じたのであろう。

「高すっぽどん、福江島がどこにあるか承知な」

空也が首を横に振った。すると有明丸が懐《ふところ》から海図を取り出して、

「座りない」

と空也を主甲板に座らせた。手描きの海図を広げた有明丸は、空也にも手で二端を押さえるように命じた。

「よかな、ここが肥後国たい。わしらは八代から、大戸《おおと》ノ瀬戸《せと》を通って外海に出たと。こいが五島列島たい。五島の殿様がくさ、南から福江島、久賀島《ひさかじま》、奈留島《なるしま》、若松島《わかまつじま》、中通島《なかどおりじま》、宇久島《うくじま》など大小さまざまの島ば持っとりなさるもん。と言うてん、島じゅう合わせて一万二千石ほどたい」

五島氏が所領地にしている長大な五島列島の主な島を、一つひとつ指して教えてくれた。

「藩であるならば、城下はどちらにござろうか」

「ご城下な、そう呼べんこともなかたい」

有明丸の返答は素《そ》っ気《け》ない。

「これから行く福江湊に江川城《えがわじょう》があったばってん、慶長《けいちょう》十九年（一六一四）に燃えてしもうたと。そんときからくさ、陣屋だけたい。なにせ、貧乏大名たいね」

有明丸は幾たびも貧乏大名と繰り返して福江藩の実情を口にし、だんだんと近付いてくる島を顎《あご》で指した。

「長崎《ながさき》からほぼ真西にあるのが福江湊、五島様の城下たいね」

「米は穫《と》れますか」

「見てんとおりの山と海たい、米は粒を数えるほどしか穫れんと。ばってん、五島には金のなる木がなかじゃなかか」

「ほう、なんでしょう」

「高すっぽどん、鯨《くじら》ば承知ね」

「名前だけは聞いたことがありますが、見たことはございません。大きな魚でございましょう」

「まあ、江戸者が鯨ば魚と思い込むのは致し方なかことたいね」

　と有明丸が言い、

「おいの故郷《くに》のくさ、有明の内海でも鯨が捕れるとたい。こいが福江藩の金のなる木たい」

　と自慢げに付け加えた。

　有明丸と呼ばれるのは有明の出だからかと空也は悟った。

「五島にいる間にくさ、有明にくさ、鯨捕りば見に行きない」

「そういたします」

と答えた空也が、

「ご一統はこの地で鯨を購《あがの》うて八代に戻られるのですか」

と有明丸に問うた。

しばし空也の顔を黙って見ていた有明丸が、

「高すっぽどんはなして五島に来たとな。武者修行のごたるばってん、五島にくさ、武術家《ひね》がおるとやろか」

と首を捻り、

「さあ」

と空也も答えて、人吉藩に関わりがある肥後丸の舵方有明丸に、

「タイ捨流の丸目種三郎先生がすべてお膳《ぜんだ》立てしてくださり、この船に乗ることになったのです」

と差し障《さわ》りのないところで乗船の経緯《いきさつ》を語った。

「まっこと行き先も知らされずに乗ったとな」

呆《あき》れ顔の有明丸が、

「曰《いわ》くがあっとじゃなかとな」

とさらに追及した。

空也は肥後丸に運命を託さねばならなかった理由を手短に告げた。話を聞いた有明丸が、

「あんたさん、薩摩に追われとると」

と仰天《ぎようてん》した。

西国筋では薩摩島津《しまづ》家は雄藩中の雄藩だ。

「いいえ、薩摩ではありません。追っ手は東郷示現流です」

「高すっぽどん、若かごたるが肝《きも》が据わっとるね。なんごともなか顔で東郷示現流が敵ち言いなるな。おお、高すっぽどんは薩摩を承知ね」

と質《ただ》した。

「二年近く薩摩で過ごしました。武者修行に参ったのです。ゆえに薩摩をいささか承知です」

空也の言葉に有明丸が驚愕《きようがく》して、

「魂消《たまげ》たと」

と声を張り上げた。

「武者修行ちゅうて、国境を越えて薩摩に入ったお侍ば初めて見たばい。そんで無事に戻ってきたと。そりゃくさ、薩摩が黙っとらんたい。高すっぽどん、あん

たは東郷示現流の技を盗んだとね」

いいえ、と笑みの顔を横に振った空也が、

「御家流儀の東郷示現流は門外不出。それがしのような他国者《よそもの》は技を盗むどころか、まったく修行すらさせてもらえませんでした。ですが、東郷示現流と同根の野太刀《のだち》流を、加治木《かじき》の薬丸《やくまる》道場にて稽古いたしました」

驚きの顔で空也を見ていた有明丸が何かを得心したか、

「五島ならたい、薩摩の眼はなかろう。ばってん、五島の殿様の領地が高すっぽどんの武者修行になるやろか」

「福江島には剣術道場はありませんか」

「わしら船乗りたい、剣術のことは分からん」

有明丸が白髪《しらが》交じりの蓬髪《ほうはつ》を搔《か》きながら言い切った。

「この船は、福江に何日か停泊なさるのですか」

「一晩泊まりで明日には福江を出ると」

と言った有明丸が、

「高すっぽどん、よかな。福江藩には肥前の大村《おおむら》藩から移住してきた『居着百《いっきひゃく》姓《しょう》』と呼ばれる者たちが住んどるたい。こん中には隠れ切支丹《キリシタン》もおると。高すっぽどん、隠れ切支丹と付き合《お》うてはいけんばい」

「隠れ切支丹ですか」

「おお、福江藩は黙って許しとうがくさ、江戸に眼を付けられるのは避けたかろう。高すっぽどんば隠れ切支丹とも宗門改《しゅうもんあらた》めとも思わんばってん、疑いをかけられんようにしない」

と空也に注意した。

空也にとって隠れ切支丹とは未知なる人々だった。

「それがしは、ただ武者修行に西国を廻っているだけです」

「おお、そんで薩摩に追われとるたい」

「いえ、東郷示現流です」

「薩摩も東郷示現流も一緒たい。高すっぽどん、どげんな、剣術の腕前は」

有明丸が木刀を振る真似《まね》をして尋ねた。

「未熟者です」

空也が即答した。

「未熟者が薩摩の国境を越えて二年近くも暮らし、また国境ば越えて出てくるなんちゅう話は聞いたことがなかたい。そん話だけでん、高すっぽどんの腕前はかなりのもんじゃろうが。なかなかできることじゃなか」

空也はただ笑みを返した。そして、

「この肥後丸は人吉藩と関わりがあるのですか」

と尋ねた。

「なかことはなか」

有明丸が曖昧に答えた。

「それがしが今晩じゅうに人吉城下の丸目種三郎先生に書状を認《したた》めたら、八代まで届けてもらえますか。これまで世話になった礼状です」

「主船頭の許しば得ない」

有明丸が空也との話を打ち切り、操舵場に向かった。そして空也の願いを告げている様子があった。

長い話のあと、主船頭である奈良尾の治助が空也を手招きした。

空也は操舵場に上がると、

「お世話になりました」

と礼を述べた。

操舵場にはもはや治助しかいなかった。ほかの者たちは到着の仕度に入っていた。

「高すっぽどん、あんたの書状の宛先が廻船問屋八代屋《やつしろや》気付でくさ、人吉にいる丸目様なら断れんたい。じゃが、この船はもうひと仕事したら、平戸《ひらど》沖から赤間《あかまが》関《せき》を通って上方《かみがた》へ行き、またこの島に戻ってから八代へ帰る予定じゃ。文を八代屋に届けるのはだいぶ先になってしまうでな、文を預かるのは戻ってからでどうな」

「さようでございましたか。ならばその時までお待ちします」

「ふっふっふっふ」

と笑った奈良尾の治助が、

「高すっぽどん、わしらの船がなんばしに五島まで来たか承知な」

「鯨ですか」

「有明丸の自慢話ば聞かされたな。あん年寄りは、若い頃に鯨捕りの銛打《もりう》ちをしとったと。それが自慢たいね」

「銛打ちをしておられたとは話されませんでした」

「わしらは鯨じゃなか。抜け荷たい」

治助はあっさりと空也に洩《も》らした。

「西国の大名なら大なり小なり抜け荷で食うとるたい。長崎代官所の眼を逃れて唐人《とうじん》の船なんぞと抜け荷をしとると。見ない」

治助がだんだんと近付いてくる島影を指した。

「五島の殿さんも抜け荷の利でくさ、参勤交代《さんきんこうたい》の費《つい》えば捻出《ねんしゅつ》しとるたい。こん前の参勤上番《じょうばん》は寛政《かんせい》三年（一七九一）やったけん、もうそろそろ次がくるやろ。福江じゃたい、江戸までの路銀《ろぎん》集めに必死たいね」

「寛政三年が参勤交代の最後ですか。六年も前です」

「五島は薩摩や肥後熊本《くまもと》藩と違《ちご》うて大きな藩じゃなか。そんうえ、西国からも離れたこげな島たい。一年置きに参勤交代ができるはずもなか」

空也は頷いた。

「人吉藩も内所は豊かじゃなか。ばってん、福江藩に比べれば分限者の大名たい」

主船頭の治助が言い切った。

「主船頭どの、この船は明日にも福江を離れるそうですね」

「帰り船に乗って本土に帰りたかな」

「いえ、そうではありません。もしなにか手伝えることがそれがしにあればと思うたのです」

治助が空也を見つめた。

「今晩、泊まるところはあっとな」

「福江藩がこの世にあることすら、有明丸どのに聞かされるまで存じませんでした。島に宿はございましょうか。なければ寺の軒下を借り受けます」

と空也は答えた。

「高すっぽどんの腕前はなかなかのもんたいね。稽古を見とれば、船頭じゃけんど見当はつくと。福江島の船着場近くに、島屋《しまや》っちゅう水夫宿があるたい。わしの名で泊まりない」

「宿代は高くはございませんか」

「水夫宿ばい、大したことはなか。わしの名を出して泊まりない」

と言った治助はしばし沈思《ちんし》したが、

「高すっぽどん、抜け荷取引の手伝いをする気はあるな。なに、用心棒仕事たい。唐人相手の抜け荷手伝いは好かんと言うならたい、無理にとは言わん」

「いえ、なんでも手伝わせてください。その代わり、上方から戻ったときに、八代屋気付で丸目先生宛ての文を乗せてください」

「最前そん返答はしたやろが。念には及ばん」

と治助が請《う》け合って、空也は抜け荷取引の片棒を担ぐことが決まった。

肥後丸はだんだんと福江湊へ近付いていった。すると船着場に、島人や福江藩の家中の者と思える役人が集まってきた。船が着くというのは福江島にとって大《おお》事《ごと》なのだろう。

空也はふと思った。

豊後《ぶんご》関前《せきまえ》藩の道中手形は持参していた。だが、できることなら出自《しゅつじ》を辿《たど》ることができる本名は福江藩にも知られたくなかった。

「なんか心配事な」

治助が空也の胸中を察したように訊いた。

「いえ、どうすれば福江藩に受け入れてもらえるかと。されどこの期《ご》に及んで知恵も浮かびません」

治助が声もなく笑って言った。

「高すっぽどん、あんたはくさ、肥後人吉藩丸目道場タイ捨流の門弟たい。わしがそうお役人に伝えるけん、案じることはなか。人吉藩と福江藩は抜け荷商いで一蓮托生《いちれんたくしょう》の間柄たい」

二

外様《とざま》大名福江藩五島家は、八代目大和守盛運《やまとのかみもりゆき》の治世下にあった。幼名孫次郎《まごじろう》の盛運は、宝暦《ほうれき》三年（一七五三）十月二十三日生まれ、ゆえに四十五歳の働き盛りだ。

かつて福江藩は財政逼迫《ひっぱく》に陥り、先々代、先代と財政再建策に奔走《ほんそう》したが、農民は貧窮を極め、子供まで質奉公《しちぼうこう》に出す状況だった。さらに藩自体も、

「三年奉公制」

という藩政史上もっとも悪政と評される人身売買政策を、藩主自らが奨励するほど追い込まれていた。

それまで関わりのあった大坂商人の信用も失墜し、藩内の特権商人、捕鯨業者の資金に依存し、鯨運上銀《くじらうんじょうぎん》の定額請負制をとらざるを得なかった。

当代の盛運は捕鯨権を五ヶ年にかぎり魚問屋に売却し、安永《あんえい》元年（一七七二）には農村の荒廃を復興するために、他藩の大村領地からの移住を公認した。

江戸期では珍しい他藩からの移住者たちを、

「居着百姓」

と呼んだのだった。

ともあれ、これら積極政策により福江藩は一時的に財政復興の兆《きざ》しがみられ、盛運は、

「福の神」

と称された。

だが、寛政八年（一七九六）、幕府より勅使饗応役《ちょくしきょうおうやく》を命ぜられ、費えを岐宿《きしく》村の鯨組西村円助《にしむらえんすけ》に求めることになった。

空也が肥後丸主船頭の治助と福江領に降り立ったのはそのような時期であった。

「治助か、ご苦労じゃな」

福江藩町奉行支配下の町乙名《まちおとな》が馴染《なじ》みの主船頭を労《ねぎら》い、

「うむ」

という表情で空也を見た。

「乙崎《おとざき》様、このお方は人吉城下タイ捨流丸目種三郎様の高弟でしてな。藩関わりの出先に顔見せにおいでになったとです。殿さんの覚えもめでたか人ですばい」

と紹介した。

「ほう、タイ捨流の高弟な。さようなお方が福江藩に関心を持たれたか」

言いながら空也を見た。

「丸目先生が申されますには、福江藩の剣術は味がある。この機会に学んでこよ、と命じられました」

空也は当たり障りのない言を弄《ろう》した。

「桜井冨五郎《さくらいとみごろう》先生の教える樊噲《はんかい》流かのう。古臭い剣術ゆえ、気に入るかどうか」

と乙崎は首を捻った。

「桜井先生はおいくつにございますか」

「古希《こき》を過ぎておられる。で、そなたはいくつかな」

と町乙名の乙崎が空也に質した。

「十八にございます」

「十八か、若いのう」

乙崎は空也の名を確かめることもなく福江藩入国を許した。

「慥《たし》か桜井先生の道場は大手門《おおてもん》前にございましたな」

治助が乙崎に尋ねた。

「治助、陣屋の表門を大手門というならば、いかにもさようじゃ」

自嘲《じちょう》しながら乙崎が答えた。

「高すっぽどん、わしが桜井先生の道場まで案内《あない》しようたい」

「治助どのはご多忙の身ではございませぬか」

「抜け荷はくさ、いくらなんでも白昼堂々できめい。日が高いうちは暇《ひま》たい」

平然と抜け荷という言葉を吐いた治助が、潮の香りが漂い猫がうろつく船着場から家並みに入っていった。

鹿児島《かごしま》とも人吉とも八代とも違う島独特の雰囲気が、空也を大らかな気持ちにさせた。

（ここならば薩摩の追っ手も来るまい）

空也はそう考えただけで穏やかな気分になった。

「あれが大手門たい」

確かに大手門は質素なものだが、陣屋の中に立派な建物が見えた。

天明《てんめい》二年（一七八二）に陣屋内に開設され、翌年一月十五日に当代藩主盛運の命《めい》で、

「武芸と学問」

の奨励を藩士一同に促《うなが》した藩校、

「至善堂《しぜんどう》」

だった。

だが、治助もそのことは知らないらしく、

「桜井先生の道場はこっちたい」

と大手門からさほど遠からぬ場所に空也を導いた。すると竹刀《しない》や木刀で打ち合う懐《なつ》かしい音が空也の耳に届いた。長屋門は長年修繕がなされていないらしく、古びてあちらこちらが傷《いた》んでいた。

「おや、桜井先生、張り切っておられるな」

と言った治助が、

「高すっぽどん、あんたの名はなんな」

と尋ねた。

船中ではお侍とか、高すっぽどんと呼ばれてきた空也は、東郷示現流の追捕《ついぶ》の手を考えて咄嗟《とっさ》に本名の坂崎空也を名乗るべきではない、と変名を告げた。

「宍野《ししの》六之丞《ろくのじょう》にございます」

薩摩藩領内菱刈《ひしかり》郡麓《ふもと》館《やかた》の主渋谷《しぶや》重兼《しげかね》家臣の名を空也は借り受けた。重兼の孫娘眉月《まゆつき》と一緒に八代まで空也に会いに来た剣友が六之丞だった。

「宍野さんね。よか、わしが桜井先生に口を利《き》こうたい」

古びて傾きかけた門をずかずかと潜《くぐ》り、それなりの歳月と潮風にさらされて年季を感じさせる道場に、

「邪魔ばしますばい、桜井冨五郎先生」

と訪《おとな》いを告げながら通った。

空也は十足ほどの履物がきちんと揃《そろ》えられた入口で刀を抜くと、右手に提《さ》げて道場を見渡した。

見所《けんそ》もなく神棚だけが壁に設《しつら》えられていた。

空也は道場の入口で座すと、刀を右に置いて拝礼した。

「治助、船が着いたとな」

「最前着きましたと」

「また唐人相手の抜け荷か」

苦々しい口ぶりで桜井冨五郎が言った。

「先生、福江藩にとっても人吉藩にとっても抜け荷なしではどもなるめいが。見逃してくれんね」

「そう居直られると返す言葉もなか、殿様のお気持ちを察するとな。そろそろ参

勤交代の命が下ろうでな」

「それですたい、その費えの一部に抜け荷は欠かせませんと」

「分かってはおるが、年寄りは釈然とせん」

と桜井が言い、空也を見た。

「治助、連れがおるとか」

「おお、連れを忘れとったばい。あん人はくさ、人吉のタイ捨流丸目種三郎先生の弟子たい。武者修行がしたかちゅうて、わしの船に乗られたと」

治助が口利きし、空也が、

「宍野六之丞にございます」

と偽名で応じた。

「今時武者修行とは珍しいのう」

と応じた桜井が空也の挙動を凝視し、

「いくつか」

「十八にございます」

「十八な。その若さでなかなかの腕前と見た」

と呟《つぶや》いた。

「先生、見ただけで力が分かると言いなるな」

「治助、およそのところは分かろう。じゃが、まことの技量は当人がその気にならねば分からぬな」

「先生、武者修行たい。その気がなかなら苦しか修行は務まるめいが」

と治助が言い、

「宍野どんや、稽古をしてみるか」

と誘った。

「桜井先生、この数日の船旅で体が鈍《なま》っております。ぜひ稽古をお願いいたしとう存じます」

「よかよか」

と道場で稽古中の十数人の門弟を見渡し、空也に眼差《まなざ》しを戻して値踏みでもするように見た。

「よか、小西三郎平《こにしさぶろべい》、相手をしない」

と一人の名を上げた。

「はっ」

と十数人の間から姿を見せたのは、稽古中の門弟の中でもいちばん小柄な若者だった。背丈は五尺そこそこか。だが、空也は敏捷機敏《びんしょうきびん》な動きをする若者であろうと推測した。

会釈《えしゃく》を返した空也は道中羽織《どうちゅうばおり》を脱ぎ、脇差《わきざし》を大刀のかたわらに添えて桜井に一礼した。

小西は木刀を手にしていたが、空也の会釈に無表情で応じた。

「おいは木刀で相手してよかな」

「それで結構です。それがしに竹刀をお貸し願えませんか」

「小西は木刀たい。おんしは竹刀で相手するちゅう心算《しんさん》な」

桜井冨五郎が空也に念を押した。

「いけませぬか」

桜井はしばし間を置いたのち、

「よかよか、おんしの好きにしない」

と許しを与え、

「小西の剣術はくさ、体が小さかゆえ軽業《かるわざ》ごたる動きたい。おんしは体が大きかゆえ、狙《ねら》いがつけ易かろうたい。用心しない」

と注意までした。

万事が大らかな気風のようだった。

「おい、龍神《りゅうじん》師範代、審判ば務めない。木刀と竹刀の稽古たい、どっちが怪我《けが》をしてもいけんたい」

桜井は壮年の門弟に審判を命じた。

空也は借り受けた竹刀を手に道場の真ん中で待つ小西三郎平の前に進むと、ふたたび丁寧《ていねい》に一礼した。

「よかな、こいは勝負じゃなか、稽古たい。そんことを忘れんな」

龍神師範代が二人に改めて注意し、稽古の始まりを告げた。

小西三郎平はいきなりするすると後退した。といっても桜井道場は六、七十畳ほどの広さで、見所はなく、道場の二方に床より高い式台《しきだい》が延びていた。稽古を見物したり、門弟の休みどころとして使われたりするようだ。

桜井はその式台の一角に腰かけていた。空也と小西三郎平以外の門弟が長い式台に座して見物していた。

小西は空也から二間ほど間合いをとり、壁際に位置した。

空也は、人吉の丸目道場で稽古したタイ捨流で応じる心積もりで中段に竹刀を置いた。

その瞬間、小西三郎平がその場で、

ぴょんぴょん

と飛び跳ねると蟹走《かにばし》りで横手に移動を始めた。

だが、空也は動かない。ただ、構えた竹刀と体の向きを、相手の動きに合わせて静かに移していった。

小西三郎平は門弟衆が座して見物する前を蟹走りで移動しながら、空也が最前入ってきた入口から姿を消した。

(なんとも摩訶不思議《まかふしぎ》な剣術)

だった。

これが、師匠の桜井が「軽業ごたる」と評した剣術だろう。

道場の外にぐるりと半間《はんげん》ほどの回廊が設けられてあったが、小西三郎平は、足音を立てながら道場の外周を移動していた。が、突然その足音が消えた。

空也はいまだ動かない。

中段の竹刀は微動だにしない。

その代わり、両眼を閉じた。

門弟衆から驚きの声が洩れた。

しばし時が流れた。

ふわり
とした気が流れると、瞑目《めいもく》した不動の空也を切り裂くような気配が襲った。

それは前面ではなく頭上から落ちてきた。

空也は何事もないように動きを崩さずその瞬間を待った。

「面《めん》」

小西三郎平の声がして木刀が不動の空也を襲う。

だれもが軽業剣法にやられた、と思った。だが、次の瞬間、
そより
と空也が後ろに下がると、瞑目したまま中段の竹刀を虚空から落ちてくる小西の木刀に合わせ、軽く弾《はじ》いた。

どう力が作用したか、小西三郎平の体が横手に飛ばされ床に転がった。そして、立ち上がろうと踠《もが》いたが、体がいうことをきかず、起き上がることができなかった。

「宍野六之丞どんの一本」

龍神師範代が宣言した。

「軽業剣法形無《かたな》しか」

桜井が険しい顔で言い、

「よか、残り全員でかからんね」

と命じた。

桜井の突然の命に慌《あわ》てる様子もなく、

「はっ」

「畏《かしこ》まって候《そうろう》」

と応じた残りの門弟衆が空也を囲むと、四方八方から打ちかかった。

両眼を閉ざした空也が襲い来る門弟衆の間を駆け抜けた。

次の瞬間、門弟衆が空也の竹刀に軽く打たれたり、突かれたりして次々に床に転がっていた。

空也は動きを止め、閉ざしていた両眼を見開いた。そして、審判を務めた師範代の龍神四郎《しろ》平《べい》と道場主の桜井冨五郎に一礼した。そのかたわらに控えていた奈良尾の治助は茫然《ぼうぜん》自失《じしつ》していた。

「話にもなにもならんたい。治助、おんし、どえらい若者を連れてきたたな」

桜井が笑みを浮かべた顔で言った。

「桜井先生、高すっぽどんの剣術がどげんものか、わしゃ、知らんかったと。ただ船中で一日じゅう独り稽古をしている様子に、なかなかの腕やろと考えておったばってん、こりゃ、どもならんな」

「おお、どもならん」

桜井が平然と答え、

「宍野どん、うちの実力はこん程度たい。これでは武者修行になるめい」

と空也に話しかけた。

「いえ、十分に稽古になろうかと存じます」

しばし沈黙して空也を見ていた桜井冨五郎が、

「おんし、曰《いわ》くがあろうが。こげん島に来た曰くがくさ」

と空也を睨んだ。

最前の温厚な顔が一変して険しかった。

「人吉城下のタイ捨流丸目道場の門弟は嘘《うそ》な」

桜井は詰問《きつもん》した。

「いえ、短い期間ながら門弟であったことはたしかです。そして、丸目種三郎先生にお口添えいただき、肥後丸に乗船したのも事実です。されど、それがし、治助どのの船が福江島に着くまで、この島が目的地だとはなにも知らされておりませんでした」

　空也の言葉に治助が頷いていた。

　桜井がまた沈思した。

「だれから逃げとると」

「逃げてはおりません。無用な戦いを避けているだけです」

「無用な戦いち言いなるな。その理由ば述べない」

　空也は薩摩入りした経緯《いきさつ》から東郷示現流に恨みを買った原因をかいつまんで話した。

「薩摩の東郷示現流に追われておると言いなるな。こりゃ、うちの門弟が束になっても勝てんわけたい」

「桜井先生、こちらに、福江藩に迷惑がかかるようならば、それがし、お暇《いとま》いたします」

　空也が言った。

「だれがそげんこつば言うたな。こん福江島は薩摩が目にも留めんような島たい。そいが、丸目先生がうちに送られた理由たいね。こん島でよければくさ、ほとぼりを冷ましていきない」

桜井冨五郎が許しを与え、

「治助、宍野どんの住まいは決まっとると」

と尋ねた。

「いえ、未だ」

と答えた治助が、

「ばってん、今晩の取引に高すっぽどんば連れていこうと思うておりますと」

と告げた。

「なに、唐人相手の抜け荷の用心棒ばさすっとか」

桜井が治助に質した。

「高すっぽどん、どげんな。手伝うてくれるな」

と治助が訊き、空也は、

「最前答えました」

と応じた。

「ならば桜井先生、明日からの高すっぽどんの住まいば用意してもらえんやろか」

「うちの長屋に住みない」

「そいがよか」

桜井と治助の間ですべて事が決まった。

三

その夜、治助主船頭の肥後丸は、月明かりを頼りに福江の湊を離れ、島の東海岸沿いに小さな島が浮かぶ瀬戸を巧妙に北上していた。

肥後丸には福江藩の藩士三人が乗り込んでいた。一人は桜井道場で空也と戦った相手だった。

その若い門弟が空也のもとに来て、

「宍野どんが同行してくれるとは、なんとも心強い」

と素直に言った。だが、残りの二人は空也が何者か疑っている様子で会話に入ろうとはしなかった。

「最前は失礼いたしました」

「いえ、驚きました。その若さであの強さ、治助が宍野どんを船に同乗させた曰くが分かりましたと」

「曰くとはなんですか」

「そりゃくさ、海賊どもと出会うたときに宍野どんがおるとおらんとではえらい違いたい」

　そう答えた若い門弟が、

「おお、忘れとったと。おいは藩の物産方沖辰三《おきたつぞう》でござる」

と名乗った。

「福江藩の家臣でございましたか」

　福江藩は島の小名だ。桜井道場の門弟が福江藩の家臣であることは当然予測されたことだった。

「家臣というても、家禄《かろく》十六石、下士《かし》です」

　沖辰三があっけらかんと言った。

「沖どのは、かような唐人取引に何度も関わってこられましたか」

「福江藩は米も穫れんし、魚は獲《と》れてん売り先がなかと。貧乏藩たい、抜け荷交易は貴重な商いですと。物産方は抜け荷が務めたい。親父の代から抜け荷に関わってきましたと」

「ならば、今宵《こよい》も差し障りはございますまい」

「ところがくさ、唐人によっては約定《やくじょう》の品は違《たが》えるわ、金子《きんす》は約定の売り値より高う強制するわで、われら物産方も主船頭の治助も、取引が終わるまで気が抜けませんと」

「唐人の船は武装しておりますか」

「大砲ば積んでおりまっしょ」

「大砲ですか」

空也はいささか虚を衝《つ》かれた感じで問い直した。

「むろんこっちの肥後丸も甲板下に何門か大砲ば積んでおりますと。ばってん、大砲を撃ち合うような事になったら取引は失敗たい」

辰三が眉《まゆ》をひそめて言った。

肥後丸の舳先には治助の配下の者が見張りにつき、次々に操舵場へ方向の転進を告げていく。

福江の湊を出て半刻《はんとき》（一時間）が過ぎたところで、北西に大きな島影が見えてきた。

「久賀島たい」

辰三が教えてくれた。

すると、舳先の見張り方の緊張が解けたように空也には思えた。

「福江島と久賀島の間の田《た》ノ浦《うら》瀬戸に入りましたと」

肥後丸は月明かりの下、風と潮の流れを利して、瀬戸の中央を北西へと進路をとっていた。最前まで小島の間を縫《ぬ》うように進んでいたが、田ノ浦瀬戸は肥後丸が悠々と進む幅があった。また、深夜ゆえほかの船や漁《いさ》り舟の往来もなかった。

「宍野どん、福江島の最北端が糸串鼻《いとくしばな》たい。こん岬の隠れ入り江で唐船と落ち合いますと。あと四半刻《しはんとき》（三十分）で着きまっしょ」

沖辰三はそう言うや、同じ物産方の仲間のもとへと戻っていった。

空也は操舵場下に行き、治助に、

「主船頭どの、それがし、なんぞ手伝うことがありましょうか」

と訊いた。

「高すっぽどんの力を借りたかときはお願いしますたい。今はのんびりしとんなっせ」

沖辰三が話しかけてきたのは治助の意向もあってのことかと思った。

それにしても武者修行に出て、

「抜け荷交易」

に関わることになろうとは努々《ゆめゆめ》考えもしなかった。

だが、振り返ってみれば西国の雄藩薩摩は支配下の琉球《りゅうきゅう》を拠点に抜け荷で大きな利益を上げていた。西国の大名家ならば大なり小なり抜け荷をせずに藩政を運営することはできないのだ、と空也は自らに言い聞かせた。

治助の命が飛んだ。

「砲門方、右舷《うげん》側位置につけ」

甲板下への階段に何人かの水夫が走り込んでいった。下層甲板に大砲が設置されているのだ。

早速甲板の下で大砲の仕度が始まったのか、がたがたと物音がした。そして、右舷の三つの砲門口が開いて大砲が突き出された。

「なんということか」

空也は実際に大砲を積んだ船を初めて目《ま》の当たりにして驚いた。

一瞬だが、もはや剣術修行など時代遅れではないかと考えた。だが剣には、武器としてより、己を磨き、鍛えるなにかがあるのだと思い直した。

人吉藩はかような危険を承知で、抜け荷を福江藩などと協力して行っていた。

むろん京《きょう》や大坂《おおさか》などに抜け荷の品を卸し、売り捌《さば》く際は、

「長崎口」

として扱う。

阿蘭陀《オランダ》と清《しん》国に限ったことだが、肥前長崎で徳川幕府が公《おおやけ》に異国交易を許していることを空也は承知していた。その長崎から入ってきた到来物を「長崎口」と称したのである。

「主船頭、唐船が見えましたばい」

見張りが治助に報告した。

空也は肥後丸の舳先に上がり、唐船を見た。

肥後丸より一回り大きな船体だった。そして、甲板下から砲門が五、六門突き出ていた。ジャンクと総称される唐船には人影があった。

互いの船から強盗提灯《がんどうぢょうちん》のような強い光を出し合って身許《みもと》を確かめた。

空也は手際がよい抜け荷交易をただ黙然と見ていた。

「うーむ」

ジャンク船からは動物の臭《にお》いや調理をした油の香りなどが強烈に漂ってきた。

肥後丸がジャンク船に横付けされて、二隻《せき》の船体の間に古帆布《ふるはんぷ》の袋が吊《つ》り下げ

物であることが空也にも分かってきた。

「杉浦様、気長に交渉することですたい。取引を急ぐと相手に足下を見られますたい。一日、二日は待ちますばい」

「よかろう」

杉浦がまた交渉の場に戻った。

だが、「抜け荷交易」の値の交渉は長引いた。

空也は、備前長船派修理亮盛光を腰から抜くと、ジャンク船の麻縄の上に腰を下ろし、気長に交渉の決着がつくのを待った。

いつしか空也はうつらうつらと眠りに落ちていた。

どれほど時が流れたか、唐人の叫ぶ声で目を覚ました。すると、すでに夜が明けていた。

治助が空也のかたわらに来た。

「宍野どんは肚《はら》が据わってござるたい。唐船で寝た御仁を初めて見ましたばい」

「相すまぬことでした。商いのことはまったく知らぬゆえ、人吉藩と福江藩のことに考えが及ばず、つい眠り込んでしまいました」

「まあ、あやつらの言うことは寝言みたいなもんたい。怒ったほうが負けたいね。

気長に交渉を続けるしかなかと」

　と治助が言ったとき、唐人の男が治助と空也のかたわらに歩み寄ってきて、何事か治助に言った。

　なんと治助が唐人の言葉で何事か応じた。

　長い話が不意に途切れた。

「どうなされた、治助どの」

「こん唐人な、頭分《かしら》の菟大人《とだいじん》の倅《せがれ》さんたい、小菟《しょうと》さんと呼ばれとると」

　小菟の背丈は空也より一、二寸は高く、目方《めかた》は倍をはるかに超える大男だった。

「小菟さんがどうかなされましたか」

「宍野どんの刀ば見たいと言うとりますと」

「これは売り物ではございません」

「そげん言うたばってん、見たいの一点ばりたい」

　治助が困惑の体《てい》で空也を見た。

「この小菟さん、和国の刀の目利きでござろうか」

「宍野どん。刀もな、異国ではよか値で売れると。それで刀のことばよう知っとると。ばってん、宍野どんの持ち物になして拘《こだわ》るとやろか」

治助が首を捻った。

「小菟どのに伝えてくだされ。刀を見るだけならば、この場にてお見せしますとな」

「おお、助かったと」

治助が言い、小菟に通詞をした。

小菟の顔が綻《ほころ》んだ。

空也は立ち上がると、手にしていた修理亮盛光を小菟に渡した。

小菟が唐人の言葉でなにか空也に述べた。おそらく礼を言ったのだろう。

空也が見ていると、小菟は修理亮盛光の鐺《こじり》を海に向け、ゆっくりと手前に抜いて光に翳《かざ》した。そして、鎺《はばき》から切っ先にむけて刃《やいば》をじっくりと凝視し、

「うーむ」

と唸《うな》った。

「宍野どん、あんたさんの刀を気に入ったごたる」

と治助が言い、小菟が治助になにか言った。

長い問答になった。

空也は二人の会話が終わるのを悠然と待っていた。今や唐船の人々すべてが治

助と小菟の会話に耳を欹《そばだ》てていた。

治助が不意に空也を見た。

小菟は修理亮盛光を鞘《さや》に納めていた。

「宍野どん、小菟はこん刀を譲るならば、最初の言い値の二割増しでよかと言いよると。わしが何遍も『こん刀はこん人の持ち物、譲ることはできん』と言うても聞かんと」

治助が空也に言った。

「小菟どのは武術の達人と見ましたが、さようですか」

空也が治助に尋ねた。

「おお、青龍刀《せいりゆうとう》でん矛《ほこ》でん、よう遣いよる。それが自慢たい」

「では、こういたしませぬか」

空也が提案したのは、修理亮盛光をかけて二人が得意の得物《えもの》で戦い、小菟が勝ちを得れば、この修理亮盛光を進呈し、空也が勝てば、こたびの取引は最初の言い値どおりにするというものだった。

治助が空也の提案を通詞すると、
にたり

と小菟が笑い、

「ヨカヨカ」

と和語で答えた。

「治助どの、刀をお持ちくだされ」

空也が小菟の顔を見ながら願った。

小菟は治助が通詞する前に修理亮盛光を治助に渡し、配下の者に向かって唐人の言葉で叫んだ。

たちまちジャンク船の甲板に青龍刀、矛、槍《やり》、木刀、棒など種々雑多な武器や道具が運ばれてきた。

小菟は先に空也に武器を選ぶよう促した。

空也は、薩摩で使っていた柞《ゆす》の木刀があるのを見て摑《つか》んだ。それを見た小菟は青龍刀を手にした。

杉浦長作が空也のかたわらに来た。

「おんし、唐人の武芸を承知か」

「いえ、存じませぬ」

「ああっ」

杉浦は悲鳴を上げ、

「刀を失うばかりか、命も差し出すことになるのじゃぞ」

と言い添えた。

「武者修行は常に命をかけての勝負にございます」

と応じた空也は胸の中で、

（上様、お許しを）

と詫《わ》びると、

（捨ててこそ）

という武者修行に出てすぐの頃に出会った遊行僧《ゆぎょうそう》の無言の教えを思い起こした。

「小菟どの、そなた、和語がお分かりのようですね」

空也が小菟に話しかけると、小菟が笑い出した。

空也と小菟は、二間の間合いで向かい合った。

小菟は青龍刀を片手で上段に突き上げるように構えた。

空也は右蜻蛉《とんぼ》に柞の木刀を構えた。

対戦者同士は一瞬睨み合うと、小菟の巨体が山が崩れ落ちるように空也を圧して踏み込んできた。

空也は待った。

小菟の青龍刀の刃風を額に感じたとき、空也が動いた。

「朝に三千、夕べに八千」

の野太刀流の続け打ちで鍛え上げ、

「地面を打ち破る」

勢いの打ち込みが小菟の脳天を襲い、寸止めで止まった。

その瞬間、小菟の巨体がゆっくり唐船の床に倒れていった。

ジャンク船の船上を震撼《しんかん》させ、その後に静寂が支配した。

空也は倒れ込んだ小菟に一礼すると、治助のもとへと向かい、修理亮盛光を無言で受け取って己の腰に戻した。

「小菟どの、起きなされ。こたびの取引は、最初の約定どおりの値といたします。よろしいですね」

空也の声に小菟が正気に返り、きょろきょろしていたが、空也を見て豪快に笑いだし、

「魂消たな、和人にこげん武術家がいたと」

と西国訛《なま》りながらも流暢《りゅうちょう》な和語で応じた。

四

奈良尾の治助が主船頭の肥後丸は、抜け荷交易を無事に済ませたあと、福江に立ち寄った。そして、宍野六之丞こと坂崎空也と福江藩関係者らを船から下ろし、平戸沖、玄界灘《げんかいなだ》、赤間関、瀬戸内《せとうち》を経由して、こんどは上方《かみがた》へ抜け荷を売り捌くために出航していった。

治助は最後、空也に、

「よかな、宍野どん、しばらくこん福江で時を過ごしない。おんしならば、どげん地におっても武者修行はできようもん。こん島に薩摩が眼をつけることは毛頭なか」

と言い残し、さらに、

「一月《ひとつき》後にはまた福江に立ち寄りますけん。そんとき、またお会いいたしまっしょ。上方土産《みやげ》ば買《こ》うてきますけんな」

と別れの挨拶《あいさつ》をした。

「それがし、治助どのから上方土産を頂戴《ちょうだい》するほどの働きはしておりません」

「なんば言うとな。こたびの抜け荷の功労者はくさ、宍野六之丞どんやろうもん。あん小菟があげん喜んだことはなか。強か者は強か仁《じん》を知るちゅうこったいね。これからの唐人との抜け荷はおんしなしではどもならんたい」

治助は、空也の詳しい正体は知らぬまでも、薩摩に追われ、偽名を使っていることを承知していた。

「治助どの、お待ちしております」

空也は言い返して、肥後丸を見送った。


空也は桜井道場の長屋に暮らしながら、精々二十人余の門弟と一緒に樊噲流の稽古に励んだ。その門弟らは皆、福江藩五島家の家臣だ。

宍野六之丞は、ただの一度ながら抜け荷交易に同行したことで、福江じゅうにその名を知られることとなった。

島の人間にとって他国者は、

「警戒」

すべき相手だった。

だが、人吉城下のタイ捨流丸目道場の門弟であり、抜け荷の場で唐船の武術自慢の小菟を破った出来事は即座に島じゅうに知れ渡り、「宍野六之丞」を受け入れてくれた。

そのようなわけで空也は、桜井道場での朝稽古で汗を流しながら、かねてより己に課している未明八つ（午前二時）過ぎの独り稽古にも励んだ。道場ではなく、城下から少しばかり離れた浜で、野太刀流の、

「朝に三千」

の続け打ちを繰り返した。

そして、刻限がくると道場に戻り、樊噲流の朝稽古を沖辰三らと一緒になした。

辰三と空也は年齢がほぼ同じということもあり、門弟のだれよりも親しく付き合い、稽古も一緒にした。

だが、辰三の剣術の、

「力量」

は格別に抜きん出てもおらず、かといってさほど劣ったものでもなかった。

辰三は、道場に姿を見せた日の対戦と、抜け荷交易の場での小菟との勝負で、六之丞が、

「並みの剣術家ではなか。雲の上の人たい」

と悟り、最初から諦《あきら》め気味であった。同時に空也の稽古相手を務めるのを楽しみにもしていた。また師匠の桜井が、

「辰三、六之丞どんがうちにおらすうちにしっかりと稽古ばつけてもらわんか」

と励ますものだから、毎日付き合うことになった。

むろん空也は、力量不足の稽古相手であろうと、工夫次第で己のためになることを、これまでの経験から承知していた。

その折り、空也が使う基《もとい》の技は、人吉の丸目種三郎道場で稽古をしてきたタイ捨流だ。

「六之丞どん、タイ捨流、なかなかきつかね」

と言いながらも辰三は、必死で空也に食らいついてきた。だが、地力の差は如何《いかん》ともし難く、桜井道場に置かれた南蛮《なんばん》時計の針で六、七分とは続かなかった。それでも毎朝、空也と竹刀を交えることで、近頃では十五分ほど続くようになっていた。

「おお、今朝は十六分経っちょったぞ」

辰三が弾む息の下でいささか満足げな言葉を吐くと、桜井が、

「辰三、六之丞どんの面《つら》ば見らんか。汗一つかいておるめい。辰三相手に六之丞

どんは一分《いちぶ》の力も出しとらんたい」

と言い放った。

「おい、六之丞どん、おいを相手に一分の力で稽古ばしとるとな」

「いえ、さようなことはありません」

空也が即座に否定した。

「師匠、大仰《おおぎょう》たいね。いくら六之丞どんが百戦錬磨《ひゃくせんれんま》の武者修行者とはいえ、こん沖辰三相手に一分の力はなかろうもん」

と空也に話しかけると、仲間たちが、

「辰三、一分の力はなかぞ」

とか、

「自信を持ってんよか」

などと励ましとも冗談ともつかぬことを言った。

「そげんたいね。おいの力も六之丞どんが稽古相手でついたごたる」

と辰三が得心《とくしん》するように独白し、

「六之丞どんはさよう、六割程度の力でおいと稽古してくれとろうもん。いや、もう少し上やろか」

と言い放った。

「辰三どの、それがし、稽古で手を抜くことはございません」

「なに、全力でおいに稽古をつけとるとな。それで南蛮時計で十六分か。なかなかの進歩たい」

満面の笑みで辰三が答えた。

そんな穏やかな日々が繰り返されていった。

「六之丞どん、おんし、道場で稽古ばかりじゃ退屈と違うな。稽古をつけてもらっている代わりに島ば案内しようか」

辰三と仲間が言い出したのは、空也が福江の日々に慣れてきた頃のことだ。

「行きたかところがあるな」

「城下以外は、あの抜け荷で行った糸串鼻だけです。そうですね、どこか、この島の山に登ってみたいです」

空也が願った。

「なに、山に登りたかと」

辰三が訝《いぶか》しげな顔で空也に尋ねた。

「いけませぬか。この島じゅうを見渡せる山の頂きに登りとうございます」

「そりゃ、わけなしたい」

　と応じたのは、辰三たち若手連の中で最年長の上士《じょうし》、といっても百十三石高、徒士目付《かちめつけ》の井上義次《いのうえよしつぐ》だ。

「高すっぽどん、城下から一里半ほど南に行ったところにな、大昔に噴火した山があると」

「おお、あるある」

　辰三が合《あい》の手を入れた。

「黙っちょれ」

　と辰三の言葉を遮《さえぎ》った井上が
「いちばん高か山は鬼岳《おにだけ》たい。海からの高さはおよそ千四十尺（三百十五メートル）ほどでな、火《ひ》ノ岳《たけ》、箕岳《みのだけ》、臼岳《すだけ》と四つの山が連なっちょるげな。もはや噴火はしとらん。鬼岳は全山が芝草で覆われてな、丸い頂きに登るとたい、島の南が見えるばい」

　と言った。

　うんうん
　と頷く辰三に、

「辰三、おんし、鬼岳に登ったことがあるとか」

と質した。

井上は藩主の五島盛運に従い、六、七年に一度の江戸勤番の経験もありそうな物言いであり、年齢であった。

「井上様、それはなか。ばってん、どう考えてん、眺めがよかろうと思われるもん」

「おんしの剣術と一緒たい、中途半端でいかん」

と井上に一喝された。

「井上様、その鬼岳が島でいちばん高い山なのですね」

空也が質すと、井上が顔を横に振り、

「いちばん高か山は、島の西側にある父《てて》ヶ岳《たけ》たい。高さは鬼岳の倍とまではいかんが、福江藩のどの島の山より父ヶ岳が高か」

と言い切った。

「井上様は山に詳《くわ》しゅうございますたい」

「辰三、亡き父は山歩きが大好きでな。島じゅうの山に連れていかれたと」

「六之丞どん、いや、高すっぽどん。おんし、鬼岳と父ヶ岳のどっちがよかか」

と辰三が空也に訊いた。

「できることならば、父ヶ岳に登りとうございます」

「井上様がうってつけの案内方たいね」

「辰三、おいはもはや山歩きはやめたと。父が亡《の》うなったとき、山には登らんと決めたと」

と井上は応じ、

「辰三、こん話はそなたが言い出したことやろが。おんしが案内せえ」

と辰三に命じた。

「えっ、島の西側までは山道ば越えて五里は十分ありまっしょうもん」

「いや、五里では済まん。六里半はあると。父ヶ岳の麓《ふもと》まで一日がかりで辿り着けば上《じょう》の上《じょう》たいね」

と井上が言い切った。

「高すっぽどん、往来に二日、父ヶ岳登りに一日で済ませてん、三日はかかるぞ。藩のお許しがいるたい」

辰三が困惑の顔を見せた。

「辰三、物産方頭の時任《ときとう》どんは分からず屋たい。山歩きで奉公を休むなど許すめいな」

「まずだめです」

辰三が井上の問いに肩を落として応じた。

「井上様、辰三どの、それがし一人《いちにん》で山道を辿って参ります」

「おんしをひとりで行かせることができくっか」

辰三は答えたものの、よい知恵は浮かばぬようであった。

「辰三、桜井先生に相談せんか。高すっぽどんはこたびの抜け荷の功労者じゃろうが。桜井先生が時任どんに指図ばなさるっと、おんしは何日か休まれようが」

「おお、その手がございましたと。早速先生に」

辰三が別棟の桜井の住まいに向かった。

「井上様、それがしの我儘《わがまま》にお知恵を貸していただき、まことに相すまぬことでございます」

空也がその場の年長者に詫びると、

「おんしにいささか関心があってな」

と言い出した。

「関心でございますか」

「おお、人吉城下のタイ捨流丸目種三郎先生を少しばかり承知しておる。おんしが丸目先生の門弟であったことはたしかであろう。じゃが、おんしの出自はどこな、人吉でなかことは明らかたい」

空也は井上の徒士目付がいかなる職階か分からなかった。大名諸家においては家臣の家格と職階の名称がどこも異なったからだ。

「お調べでございますか」

「わしとおんしは、桜井道場の門弟同士たい、調べではなか。関心を持ったと言うたぞ」

「井上様、お答えできるところはお答えします。すべて話しますと、こちら福江藩に迷惑がかかるやもしれませぬ」

空也の返答に一座の者が沈黙して空也を見つめた。

「それがし、西国のとある藩に関わりのある者にございます。武者修行のためにその地を離れました」

空也は桜井道場を初めて訪れた日に、福江島にやってきた経緯を話している。

そのとき井上は道場にいなかったので、その話をふたたびした。

井上が唾《つば》を飲み込んだ音がした。

「あん薩摩に入ったと言いなるな」

「はい、二年近く野太刀流の道場にて稽古を積みました」

「そげんことができるとやろか」

「さるお方の助勢があったゆえです」

しばし沈思した井上が、

「薩摩に追われておっとか」

と空也を質した。

「薩摩藩ではございません。東郷示現流から追っ手がかかっております」

「おんし、すでに東郷示現流の追っ手と勝負したのではなかか」

井上が空也に質し、しばし間をおいた空也が答えた。

「ご想像にお任せします」

「こん福江島に東郷示現流の追っ手から逃れてきたとな」

井上がふたたび問いを発した。

「いえ、逃げたわけではございませぬ。無益な戦いはできるだけ避けようと考えただけです。その考えを酌《く》んでくださった丸目先生が、それがしをこちらに送り込まれたのです。それがしはこの福江島が目的の地とも知らず、五島家のご領地とも知らず、船中にて初めて聞かされました。福江藩に迷惑がかかるようなことはしとうはございません。次の船で島を離れます」

と空也が答えたとき、辰三が道場に戻ってきて、

「最前から道場の外で話ば聞いたと。高すっぽどん、桜井先生は、『福江藩は小なりといえども江戸幕府開闢《かいびゃく》以前から宇《う》久《く》氏《し》として連綿《れんめん》と家系を保ってきた一族。その福江に身を寄せた者を守りきらんでどうする』と仰《おっしゃ》いましたぞ、井上様」

と辰三が言った。

「勘違いするでなか、おいも高すっぽどんを糾弾《きゅうだん》しとらん。ただ、高すっぽどんが福江に来た曰くを知りたかったんだけたい」

と井上が言い、

「よか、わしも桜井先生と考えはなんも変わらん」

と言い切った。

空也はしばし無言のまま一同に頭を下げて礼を述べた。

「もっとも、こん高すっぽどんな、東郷示現流など屁《へ》とも思うておるめい」

井上の言葉に空也が首を横に振り、

「東郷示現流、強敵にございます」

と正直な気持ちを吐露した。

「得心したと」

と言ったのは小西三郎平だ。

「おいの軽業剣法など、こん高すっぽどんには通じんたい」

「いいえ、小西どのの剣技には驚かされました」

「最初だけやろが」

三郎平の問いに空也が、

「はい」

と正直に答えて一座に笑いが起こった。

空也は福江の桜井道場に受け入れてもらったと感じた。

「おい、辰三、山登りの一件はどげんしたとか」

井上が辰三に質すと、

「井上様、忘れとった。先生がくさ、物産方が高すっぽどんの山案内を務めるよう家老の青方弥五左衛門《あおかたやござえもん》様に願うてくれるそうな。なんしろ、こたびの抜け荷交易の立役者は高すっぽどんじゃけんな。それくらい、藩が応じてんよかろうと言うておられた」

と答えた。

「なに、そげん話な。ならばわしも案内方を務めようたい」

と小西三郎平が言い出し、桜井道場の若手の幾人かが三郎平に倣《なら》うことになった。

「道場の稽古を休ませることになって恐縮です」

空也が詫びると、

「まあな、父ヶ岳登りは道場稽古よか辛かろうたい」

と井上が言った。

第二章　福江の海と山

一

隅田川《すみだがわ》河畔の尚武館《しょうぶかん》小梅《こうめ》村道場に寄寓《きぐう》する薬丸新蔵《やくまるしんぞう》は、江戸に出て以来、伸び伸びとした気持ちで稽古に励んでいた。

小梅村道場の道場主は田丸輝信《たまるてるのぶ》だが、輝信を支える二人が小田平助《おだへいすけ》と向田源兵衛《むこうだげんべえ》だ。どちらも長年諸国を遍歴し、経験も豊富であった。そしてなにより己の剣術を見切っていた。ゆえにその言動に野心や企てはない。

直心影《じきしんかげ》流尚武館道場が再興された当初は、神原辰之助《かんばらたつのすけ》ら住み込み門弟衆とともに道場運営を支えた小田平助だったが、神保小路《じんぼうこうじ》が落ち着くにつれて、徐々に修行の拠点を小梅村に戻していた。

江戸城近く神保小路の尚武館道場とは異なり、小梅村の道場には全体に大らかな気が流れていた。

野太刀流を江戸に広める決意のもと、気を張ってきた新蔵にとって、小梅村の道場には薩摩の加治木の薬丸道場を思い出させるものがあった。

鹿児島城下と違い、加治木には闊達《かったつ》自在な気が流れていた。この小梅村にも加治木と同じような長閑《のどか》さと、それでいながら剣術修行に真剣に打ち込む厳しさが同居していた。

相反する気を小梅村の道場に持ち合わさせているのは、

「坂崎磐音《いわね》」

という稀代の剣術家の存在だ。

新蔵は己の剣術に自信を持って江戸入りした。事実、江戸で名高い道場を訪れ、圧倒的な強さを見せつけて、

「野太刀流薬丸新蔵強し」

の評判を得た。

その評判を聞いた他の剣道場は、新蔵が現れた場合、

「どう対応すべきか」

と真剣に苦慮していた。

すでに新蔵が力試しをした道場は、いずれも江戸で名高い道場ばかりだ。それらが地面を叩《たた》き割るほどの強烈な新蔵の一撃に、次々と敗《やぶ》れ去っていったのだ。もはや新蔵を迎え撃つ気概のある道場は江戸に残っていなかった。

いや、一つだけ、道場主が西《にし》の丸《まる》徳川家基《いえもと》の剣術指南を務めていた直心影流尚武館道場が残っていた。神保小路にある道場は、幕府の官営道場と目されるほどの実力を誇っていた。なにより道場主は、一時権勢を振るった田沼意次《たぬまおきつぐ》、意知父子《おきともおやこ》との戦いの中で江戸を追われたが、ふたたび江戸に戻って田沼父子との戦いに決着をつけていた。

坂崎磐音は、神保小路の尚武館道場を再興することで田沼父子に勝ちを得た。

その坂崎磐音との勝負に勝つことは、薬丸新蔵が江戸で名を上げる最後の戦いとなるはずだった。

新蔵は乗り越えるべき山に挑むため神保小路を訪れた。

道場内で三百人近い門弟衆が朝の稽古に励んでいた。その張りつめた気は、これまでの道場にはまったくなかったものだった。しかも、

道場の隅に座し、稽古を見ていた新蔵に、

「薬丸新蔵どのでござるな」

と声をかけたのは、師範代の重富利次郎《しげとみとしじろう》だった。

新蔵が道場主坂崎磐音との対面を求めると、あっさりと対面が叶《かな》った。

磐音は新蔵の願いを聞いて面会を許したばかりか、

「立ち合いを所望かな」

と自ら誘ったのだ。

新蔵はその一言を聞いたとき、東国剣術を叩きのめすという強烈な闘争心が薄れていくのを感じた。

対決では新蔵が攻め続けることに終始した。これまで体験したことのない、

「かたちなき力」

に絡《から》めとられ、守りの相手に完敗を喫《きっ》した。だが、この敗北はなんとも心地よいものだった。

江戸で剣術家坂崎磐音は伝説の人物だ。だが、その五体から漂う雰囲気は、不思議なことに新蔵を圧倒しながらも、拒むものではなく、
ふわり

とした穏やかなものであった。

いつしか新蔵は、坂崎磐音の風貌に、薩摩で会った高すっぽと呼ばれる若者の姿を重ね合わせていた。

口が利《き》けない剣術家高すっぽは、国境を越えて薩摩入りした。それだけでも薩摩では驚くべき事実だった。そのうえ一年九月《ここのつき》もの間、薩摩に逗留《とうりゅう》したのだ。前藩主島津重豪《しげひで》の重臣、渋谷重兼の庇護《ひご》があればこそ黙認された行動だった。

加治木で出会った二人の若者は、虚心に木刀を交えた。

新蔵にとってこれ以上の驚きはなかった。新蔵より若い高すっぽの剣術は伸びやかで、野太刀流道場で恐れられた新蔵との対戦を楽しむ力と余裕を秘めていた。

あの折り新蔵が、

「打倒」

すべき相手は、薩摩藩御家流儀の、

「東郷示現流」

だった。

だが、その新蔵の前に突然姿を見せた高すっぽの剣術は、底知れぬ力を感じさせた。

二人は薩摩藩の具足開《ぐそくびら》きで東郷示現流を挑発するかのように激しい打ち合いを披露《ひろう》した。その場には藩主の島津齊宣《なりのぶ》以下、家臣団がいた。その結果、新蔵も高すっぽも東郷示現流を敵に回すことになった。

その高すっぽと坂崎磐音が重なり合ったのだ。事実、坂崎磐音は、

「高すっぽが世話になったそうな」

と高すっぽが己の嫡子《ちゃくし》であることを認めたばかりか、口が利けなかった若者が、薩摩入りと逗留のために言葉を発することを己に禁じていたと告げた。

驚くべき父子だった。

磐音は新蔵の野望を察すると、しばらく小梅村の道場で心身を休めてはどうかと誘《いざな》った。

高すっぽの妹の睦月《むつき》の案内で小梅村を訪れた新蔵は、一瞬でその道場が気に入った。

高すっぽと呼ばれた坂崎空也が幼き日に稽古をしたという庭の一角の野天道場は、まるで薩摩剣法の稽古場そっくりだった。

堅木《かたぎ》の丸柱が五本立てられ、その間を幼き日の高すっぽが走り回った足跡が未だ地面に刻まれていた。

その場を見せられた新蔵は、

「こん稽古場で空也どんは稽古ばしたとでごわすか」

と案内した小田平助に念を押したものだ。

「空也様がくさ、まだ父の磐音先生から道場入りを許されなかった幼い頃にたい、この場で独り稽古を六年以上も続けたと」

新蔵は空也が野太刀流を恐れていなかった理由を、この野天道場を見て悟った。

空也は独創ながら薩摩剣法を学んできたのだ。

未だしっかりと地面に立つ堅木の幹に刻まれた木刀の跡に手で触れて、

「高すっぽどん、おいを騙《だま》しよったな」

と呟いたものだ。そして、平助に、

「おいがこん堅木ば打ち砕いてよかろか」

と言った。

「新蔵さん、そなたは空也さんと剣友たい。好きなごとやりない。尚武館の磐音先生には、わしから許しを乞《こ》おうたい」

と平助が言った。

平助は、幼き日の空也が稽古していた堅木が新蔵の攻めに堪《た》えられるとは思えなかった。たとえ破壊しても新蔵ならば致し方ないと空也は笑って許してくれそうな気がした。

「高すっぽどん、お借り申す」

新蔵はそう告げると、草履《ぞうり》を脱ぎ捨て、携帯した柞《ゆす》の木刀を手にして五本の堅木に向き合った。

その場に立ち会ったのは小田平助、向田源兵衛、田丸輝信らと、突然姿を見せた竹村武左衛門《たけむらぶざえもん》だった。

「平助さん、なんじゃやな、乞食《こつじき》のごときあの男は。なにが始まるのだ」

といつもの胴間声《どうまごえ》で言った。

「武左衛門さんや、大声は立てんほうがよかばい」

「なぜだ」

「ただ今、江戸の剣術界を騒がす薩摩の剣術家と言うたら、分かるな、武左衛門さんや」

「おお、あの者が薩摩剣法でことごとく江戸の道場を打ち破ってきた薩摩もんか。この小梅村でなにをしようというのだ。坂崎磐音は道場入りを許したのか」

武左衛門が矢継《やつ》ぎ早《ばや》に訊くと、

「むろん磐音先生のお許しがあってのことです」

と輝信が答えた。

新蔵が柞の木刀を右蜻蛉に構えた。

思わず平助らから静かな嘆声が洩れた。

「こやつ、やりおるな」

武左衛門が感想を述べた。武左衛門とてかつては二本差しの武士であったのだ。新蔵の力がどれほどのものか、蜻蛉の構えを見ただけで理解できた。

「きえぇー！」

猿叫《えんきょう》が小梅村に響き渡った。

蜻蛉の構えにおいて前足となる右足は地面に対し膝下《ひざした》を垂直に立てる。上下に柔らかく動ける体勢から一気に運歩《うんぽ》に入った新蔵は、まず正面に立つ堅木を柞の木刀で叩いた。

ぼきり
と鈍い音がして径七寸余の堅木が折れた。

「おおー」

と武左衛門が驚きの声を上げたときには、新蔵は二本目、そして、三本目と次々に堅木を叩き折っていった。

数瞬後、元の場所に戻った新蔵は木刀を前に構え、腰を沈めると一礼した。それは空也への、

「無言の挨拶」

であった。

立ち上がった新蔵に小田平助が、

「よかものば見せてもろうたばい」

と賞賛の言葉を告げるのへ、

「高すっぽどん、いや、空也どんが稽古せんごとなって何年も経っちょろう。木が古うなって折れやすうなっちょるたい。大したことなか」

と応じた。そして、

「おいもここで稽古ばしたいけん。いずれ新しか柱ば立ててんよかろうか」

と言った。

「よかよか、空也様がいつ帰ってきてんよかごと、わしらも手伝おうたい」

と平助が言った。

あの日以来、新蔵は百姓家を改造した道場や野天道場で稽古を続けながら、次なる計画を考えていた。

磐音は新蔵に、

「そなたの企てを実行に移す前に、今しばしこの坂崎に時を貸してもらいたい」

と忠言した。

まずは坂崎磐音の許しを待って行動に移そうと考えていた。

新蔵が小梅村に逗留して驚いたことの一つが、放浪の武術家小田平助という人物だった。平助は筑前福岡《ちくぜんふくおか》藩 郡《こおり》奉行配下芦屋洲口番《あしやすくちばん》の五男で、槍折《やりお》れなる武術の会得者だった。平助の槍折れを見た磐音は、その動きを剣術の基となる足腰の鍛錬に組み入れたという。

空也もまた物心ついたときから槍折れの稽古で足腰を鍛えたのだ。

薩摩剣法の動きやかたちとは違ったが、槍折れの動きは激しかった。

新蔵は、小梅村に来て槍折れの稽古を見たとき、

「なんな、こん動きは」

と訝しく感じたが、実際に槍折れを片手に持って動いてみると、その激しさときつさに驚いた。だが、野太刀流の、

「朝に三千、夕べに八千」

の続け打ちをしてきた新蔵は　すぐに槍折れの、

「コツ」

を覚えた。その動きは、槍折れを長年稽古してきたはずの輝信でさえ敵《かな》わなかった。

新蔵が小梅村に来て二十日余か過ぎた。

当初こそ薩摩訛りが理解できなかった輝信たちも、なんとなく新蔵の言葉を察するようになった。かようなとき、新蔵を質問攻めにするのは武左衛門だ。

この日、父金兵衛《きんべえ》の祥月命日《しょうつきめいにり》でおこんと睦月の母子が小梅村を訪れていた。そこへ平然とした顔付きで新蔵を伴い、母屋《おもや》に武左衛門が姿を見せた。

「おこんさん、空也の話を聞きたかろうが。この男の薩摩訛りはよう分かるまい。わしは慣れたでな、通詞を務めよう」

と縁側にまず武左衛門がどっかと座った。

新蔵はこの二十日あまりで、武左衛門がいかなる人物かおよそ理解していた。大名家下屋敷の中間《ちゅうげん》を務める大男は、もと浪人だという。また田丸輝信の家内は武左衛門の娘と知っていた。

「武左衛門様、この私が空也のなにを知りたいかご存じですか」

おこんが笑みを浮かべて尋ねた。

「そりゃ、空也の女子を知りたいのであろうが」

「空也に女子などおりましょうか」

おこんの反問に武左衛門が、

「おい、新蔵どん、睦月さんやらいう娘がおったやろが」

と新蔵に質し、

「睦月様はここにおられるが」

と新蔵は睦月を見た。

そこにちょうど茶菓を持参した早苗《さなえ》が、

「呆れました。父上、睦月様と眉月様を間違えてなにが通詞ですか。金兵衛様の祥月命日に顔を見せてはなりませぬと、あれほど申し上げたではないですか。新蔵さんをダシに使って母屋に来られましたね」

「早苗、そ、そうではないぞ。おこんさんが空也の相手を知りたかろうと思うてな」

「武左衛門様、眉月様については新蔵さんから伺いました。なんでも薩摩の重臣渋谷重兼様の孫娘だとか。そうでしたね、新蔵さん」

「は、はい。おいも会《お》うたとは数回じゃ。よう見きらんでごわんど」

新蔵の返答におこんが笑った。

「新蔵さんも空也も剣術しか頭にないのです。眉月様がどのようなお方か見ていないのですよ、武左衛門様」

「呆れ果てたな。まず若い娘に関心を寄せるのが男の務めであろうが」

武左衛門が矛先を新蔵に向け、

「おい、新蔵どん、空也は眉月姫が好きなのか嫌いなのか」

とさらに追及した。

「困りもした」

新蔵は当惑顔ながら必死に黙考する気配があって、

「おいの考えにごわす」

と言うのへ、

「そいでよか」

と覚えたての薩摩弁で武左衛門が応じた。

「眉月様は空也どんの命の恩人にごわんど」

「それはわしも聞いた」

「ふたりは前世からの縁《えにし》で結ばれとると違うやろか」

「えっ」

睦月が驚きの返事をした。

しばし座に間があった。

「新蔵さんのお考え、しかと母親の私は受け止めましたよ」

「おい、おこんさん、空也は命をかけた武者修行の最中じゃぞ。前世からの娘に懸想《けそう》しておる場合か」

「父上、懸想などと妙な言葉を使わないでください」

早苗が怒鳴った。

「懸想が妙な言葉か。男と女、想い想われての間柄を懸想というのだ、早苗」

父親の立場で武左衛門が言い切った。

「新蔵さん、空也は眉月様を想うがあまり、剣術修行が疎《おろそ》かになりますか」

おこんの問いにじっくりと新蔵が考え込んだ。そして、

「おこん様、おいは女子を想うたことも女子に想われたこともなか。そんおいが言葉《ことのは》にするのは難しか。ただ空也どんは、眉月様と絆を深めたことで一段と強くなったのはたしかでごわんど」

と新蔵が言い切り、おこんが満面の笑みを浮かべた。

「母上、さすがはわが倅って顔ですね」

と睦月が言うのも受け流した。

二

福江藩城下の桜井道場に逗留する坂崎空也らが三日間の休みを貰《もら》って、島いちばんの高峰父ヶ岳登山に出立《しゅったつ》する日を迎えた。

空也のほかに小西三郎平、沖辰三、山脇源太郎《やまわきげんたろう》、在方見廻《ざいかたみまわり》の野中光造《のなかこうぞう》という四人の若手が同行することになった。

師走《しわす》に入り、未明の七つ（午前四時）は未だ真っ暗だった。そこで提灯《ちょうちん》に灯《あか》りを点《とも》して足元を照らしながら行くことになった。

先頭を歩くのは、五島列島の津々浦々を徒《かち》や船で廻ったことがあるという野中光造だ。

光造は十歳の頃から、父親の供をして福江領内各所を訪れていたという。父は亡くなり、自らが在方見廻を務めるようになって五年が過ぎていたが、歳《とし》は二十だ。

「高すっぽどん、よかですな」

光造の声で、五人は足拵《あしごしら》えも厳重に城下から西の山道に分け入った。

こうなると光造なしでは辰三たちも進めない。光造を先頭に一列縦隊となって山道を黙々と進んだ。

他国者の空也は五人の真ん中を光造に命じられ、背中に修理亮盛光を負い、木刀を手にしていた。ほかの四人は提灯を手にするか、食い物などを入れた竹籠《たけかご》を背負っていた。

夜が明け始めたのは、谷に下りて流れに架《か》かる丸太橋を渡った頃合いだ。

「高すっぽどん、あんた、きつかなかな」

辰三が、もう息が上がった声で空也に尋ねた。

「いえ、それがし、大丈夫です」

と答える空也の動きを野中光造は承知していたらしく、

「高すっぽどんは山歩きに慣れとるたい。きつかとは辰三、おまえじゃろうが」

と指摘された。

「光造さん、分かったと。山道はきつかね」

辰三が、同じ下士ながら年上の光造に正直に洩らした。

「在方見廻ならばたい、こげん山道は山道じゃなかと。こいからが本式にきつうなるたい」

　うっすら明け始めた谷川の丸太橋のそばで休息を許した光造が、

「高すっぽどん、なかなかの足達者たいね。さすが武者修行に挑む若武者だけんことはある。そん足は勿体《もったい》なか、藩《うち》の在方見廻にならんね」

と褒《ほ》めた。

「光造どの、それがし、提灯の灯りに従うてきただけで楽なものです」

「そう聞いておこうか」

　と応じた光造が提灯を吹き消し、

「よか、握りめしば食おう」

　と一同に朝餉を摂《と》るよう告げた。

　握りめしは白米にじゃこを混ぜたもので、一人二つずつ竹皮に包んであった。そのじゃこめしの握りがなんとも美味《うま》かった。

「おいはくさ、ご家老の青方様か高すっぽどんの山行をくさ、快く許してくれるとは考えもせんかったぞ」

　辰三が二つ目の握りめしを頰張《ほおば》りながら言った。

「辰三、それよか、ご家老自ら道場に姿を見せられたのには魂消たばい」

と小西三郎平が辰三の言葉に応じた。

「そんこつそんこと」

もう一人の同行者山脇源太郎が言った。徒士目付支配下の源太郎は二十一歳だ。


青方弥五左衛門は、福江藩中興の祖と呼ばれる人物だ。

明和《めいわ》六年（一七六九）、五島盛運の藩主襲封《しゆうほう》に伴い、家老職に登用されて財政再建にあたった人物である。緊縮財政策をとり、社寺の禄高を改正し、また安永年間（一七七二〜八一）には新地改めをなして、三百六十四石を藩の実高に加えた。

さらに、寛政十二年（一八〇〇）には、郷村ごとに義倉《ぎそう》を設置して備蓄を整えるなど、領内の整備と藩政改革に貢献することになる。

盛運を助けて三十年以上も福江藩の財政を主導していく人物だ。

その家老の青方が桜井道場に姿を見せるなど、道場主の桜井も驚いたほどだ。

青方は空也を見ると、しばし桜井と二人だけで話し、空也をその場に呼んだ。

「宍野六之丞、そなた、薩摩に追われておるというがたしかか」

「薩摩藩ではございません。東郷示現流の高弟衆の一部の方々の怒りを買い、追われていることはたしかでございます」

　と正直に答えた。

「なぜ怒りを買うたな」

　青方は当然の疑問を質した。

　空也は差し障りのない程度に薩摩入国の経緯、麓館の渋谷重兼に助けられたこと、その後、加治木に出て野太刀流の稽古を積んだこと、その道場で薬丸新蔵と出会い、新蔵の誘いに乗って具足開きの場で野太刀流の立ち合いをなし、東郷示現流一党を怒らせたことなどを告げた。だが、酒匂兵衛入道、そして、その倅の一人、酒匂参兵衛との尋常勝負については語らなかった。

　空也の言葉を吟味するようにしばし沈思していた青方が、

「薩摩の東郷示現流のう。強敵じゃな」

「はい」

「といって恐れているふうもなか」

　と空也の顔を見ながら独白した。

「無用な戦いは避けねばなりません」

「そんために福江領内に逃げ込んだか」

「逃げ込んだのではございませぬ。人吉城下のタイ捨流丸目種三郎先生のご指示に従うたのです。丸目先生は無用、無益な戦いは繰り返すなと諭《さと》されたのかと思います」

「無用、無益な戦いのう」

空也の言葉を繰り返した青方が、

「おんし、東郷示現流の高弟と戦うたか」

と質した。

空也は是とも否とも答えなかった。ただ沈黙を守った。

「ご家老、窮鳥《きゅうちょう》懐《ふところ》に入《い》れば猟師も殺さず、ではございますな」

「この者が窮鳥か、平然としておるではないか。桜井、相手は薩摩藩じゃぞ」

「いえ、島津重豪様の重臣渋谷重兼様がこの者を庇護し、当代の齊宣様が薩摩逗留をお許しになったのですぞ。六之丞は薩摩藩に追われているわけではありません。東郷示現流に追われているのです」

「桜井、御家流儀東郷示現流、つまりは薩摩と同じとは思わぬか」

青方の反問に桜井が沈黙した。

「当藩に迷惑がかかるようならば、すぐにもお暇いたします」

と空也が答えると、

「福江は海に囲まれた島じゃぞ、そう易々と出ていくわけにはいかぬわ」

と青方が言い、

「まあ、よか。東郷示現流の面々がこの福江におんしがおると気付くまでには、時がかかろう。しばらく福江に逗留することを許す」

と、宍野六之丞と名乗った空也に福江藩滞在を許した。

空也一行は南に翁頭山《おうとうざん》を見ながら蛇行する山道を進むと、ふたたび流れにぶつかった。

「二里木場川《にりこばがわ》たい」

と光造が言った。

「光造どん、荒川浜《あらかわはま》まで半分は来たやろな」

食料の入った竹籠を背から下ろし、辰三が訊いた。

「もう疲れたとか。そりゃ、在方見廻はできんたい」

と光造が一蹴した。

「道半ばと言いたいが、よかとこ三、四割が過ぎたとこたい」

「なんな、四、五里は残っとるとな」

「ああ、山道の五里はきつかたい。そいに師走たい、日暮れが早かたい。辰三、泣き言を言わんとさっさと歩きない」

「こん山道に宿はなかろうな」

「辰三、おんしだけ山ん中に残るか」

と年長の小西三郎平が言った。

「そいも好かん」

背の竹籠を背負い直そうとするのを空也がひょいと手に取り、

「ここからはそれがしが背負うていきます」

と肩にかけた。

「高すっぽどん、よかとな。助かったばい」

辰三がほっと安堵《あんど》の吐息を洩らした。

「情けなかね、辰三」

光造が言い、空也の顔を見た。

空也は山道を先頭で歩き出し、あとから来る道案内の光造に言った。

「それがし、山歩きは慣れております」

「おんし、肥後から薩摩入りしたそやな」

山脇源太郎が不意に空也に質した。すでに桜井道場では宍野六之丞と名乗る空也が薩摩に入国し、短い歳月だが逗留していたことは知られていた。

「はい。その折り、肥後と薩摩の国境の山をあちらこちら歩きました」

「おんし、どこの出な」

「生まれは高野山《こうやさん》中の内八葉《ないのはちよう》外八葉《げのはちよう》に囲まれた山郷です」

「紀州《きしゆう》の生まれということは、紀州徳川様の家臣か」

徒士目付支配下の山脇源太郎はその職階から関心を持って質しているというより、ふらりと桜井道場の門弟になった他国者に興味を感じてのことだと思われた。

「いえ、三つの折り、江戸に両親と一緒に戻り、父が小さな道場を始めたのです」

「そうか、高すっぽどんが強かとは、子供の頃から剣術の修行をしてきたからか」

空身《からみ》になって足の運びが蘇《よみがえ》った辰三が訊いた。

「強いかどうかは己では判断できません。ただ剣術が好きなのです。木刀を振り回していると一日がすぐに過ぎてしまいます」

「呆れたばい」

と応じた辰三が、

「おい、高すっぽどん、薩摩でくさ、強か相手に会うたな」

と尋ねた。

「薩摩にも肥後にも強い剣術家はいくらもおられます。ですが、いちばん多く木刀を交えて稽古した薬丸新蔵どのは、生半可な腕前ではございませんでした」

「薬丸新蔵、どこかで聞いたことがある」

と言い出したのは軽業剣法と師匠に名付けられた小西三郎平だ。

「思い出した」

「どこで聞いたとか、三郎平どん」

「わしは一月《ひとつき》半前まで長崎勤番やったろうが。そん長崎でくさ、江戸から来た代官所役人に、『野太刀流の薬丸新蔵なる薩摩者が江戸で道場破りをしておる』と聞かされた」

「その新蔵どのです」

空也は新蔵の激しい打ち込みを思い出していた。

「そん薬丸新蔵は高すっぽどんより強かとか」

辰三が尋ねた。

空也はその問いに答えるのにしばし時をかけた。

「幾たびも激しい打ち合いをしました。ですが、互いに最後の最後まで力を出し切っておりませんでした。ゆえにどちらが強いか分かりません」

と正直に答えた。

いつしか行者山《ぎょうじやさん》を右手に二本楠《にほんくす》の郷を通り過ぎ、福江島の西海岸との分水嶺《ぶんすいれい》に差しかかっていた。標高千四百一十五尺（四百三十二メートル）の七《なな》ッ岳《だけ》へと連なる稜線《りょうせん》に立ち、

「この稜線の半里ほど北西においたちが目指す父ヶ岳があると」

と光造が空也に言った。

刻限はいつしか八つ（午後二時）を過ぎていた。

「日が落ちるとが早かたい。荒川浜まで急がんといかんたい」

光造が空也に代わって先頭に立った。

一行は西日が海に落ちるのと競争しながら福江島の西海岸荒川浜まで黙々と下っていった。

「あと一里たい」

光造が言ったとき、海に日が落ちた。

辺りが一気に暗くなり、ふたたび提灯に灯りを入れた。

「なんとか荒川浜に辿り着けそうたい」

光造の言葉を空也は聞きながら、不意に眉月の顔を思い浮かべていた。

八代で別れて以来、さほどの月日が過ぎたわけではなかった。

菱刈郡の麓館で祖父の渋谷重兼と一緒に時を過ごしていようと思った。

空也は思わず首にかけた革袋に手をやった。それは、母のおこんがお守りを入れて、武者修行に出る空也の荷に密かに忍ばせたものだった。

薩摩への国境を越えるとき、空也は外城衆徒《とじょうしゅうと》との戦いで狗留孫《くるそん》峡谷の石卒塔婆《せきそとば》の頂きから滝壺に落下した。その折り、空也が身につけていたものは衣服のほかには、お守りの入ったこの革袋だけだった。

落下した折りに革袋は解《ほつ》れたので眉月が縫い直し、薩摩を出る前に麓館の氏神、麓飛鎌《ふもととびかま》神社のお守りを添えてくれていた。

福江島から文を麓館に出せそうか、いや、折角丸目種三郎が福江島へ密かに渡してくれた厚意を無にする振る舞いになるのではないか、そんなことを空也は思い悩みつつも脚だけは動かしていた。

夕暮れの風に潮の香りがした。

「六之丞どん、どげんしたとか」

後ろから来る山脇源太郎の声が空也の耳に届いた。

空也は振り返ると、

「なんですか、源太郎どの」

と尋ね返した。

「最前から何度も呼んだばってん、六之丞どんは気付かんたい。どげんしたとな」

「おお、相すまぬことでした。つい物思いに耽《ふけ》っておりました」

「剣術修行の身でくさ、物思いに耽っちょったら不覚をとるたい」

辰三が言った。

「いかにもさようです。士《し》道不《どうふ》覚悟《かくご》です」

空也も反省の辞を述べた。

「なんば考えちょったと。腹が空《す》いたと思うちょったな」

と辰三が言い、

「よか女衆と薩摩で会うたか、そいとも江戸に娘御を残しておるとな」

と質した。

空也がどう答えたものかと、返事を躊躇《ちゅうちょ》していると、山脇源太郎が、

「辰三、そげなことじゃあるめい」

と助け船を出してくれた。

「ならば源太郎どん。高すっぽどんはなんでたい、気ば抜いたとな」

辰三がさらに源太郎に質した。

「おいの考えたい、聞きたかか」

「聞かせない。徒士目付はあれこれ疑《うたぐ》るとが務めたい」

辰三の言葉に頷いた源太郎が、

「宍野六之丞ちゅう名やがな、偽名たい。違うな、高すっぽどん」

と空也に質した。

一同が潮風の中で足を止めた。

空也は沈黙で答えた。

「曰くはわれら承知たい。薩摩の東郷示現流の猛者《もさ》わろに追い回されたら、だいもが金玉も縮みあがろうもん。高すっぽどんは、そげん毎日を過ごしとると。当然なこつ、名は変えんといくめい。宍野六之丞とはだいな、高すっぽどん」

空也はそれでも答えなかった。

「高すっぽどん、われらはおんしの味方たい。そのことを忘れんでくれんな。おんしなら、どげん困難も乗り越えようたい。ばってん、そいには味方が要《い》ろうもん」

と山脇源太郎が言った。

「ご一統、宍野六之丞なるお方は、薩摩でそれがしを助けてくれた恩人のひとりにござる。できることなら、福江島ではこの偽名で通したいのです」

「高すっぽどん、最前話してくれたことも作り話な」

と辰三が空也に問うた。

「いえ、薬丸新蔵どののこともすべて事実です。それがし、薩摩で思いがけないことから東郷示現流の高弟方を敵に回す仕儀に相成りました。薩摩でそれがしを助けてくれた人々もたくさんおられます。されど福江島では、それがしのせいで藩の中を騒がすような仕儀にはしたくはございません。このまま宍野六之丞、あるいは高すっぽとしてお付き合い願えませぬか」

空也の言葉に山脇源太郎が、

「よう分かったと。もう心配せんでよか。少なくともこの四人はおんしの味方たい。宍野六之丞が恩人の名を借りておることは、ここにいる五人の秘密たい。それでよかな、ご一統」

と言うと、小西三郎平、沖辰三、野中光造が大きく頷いた。

「有難うございます」

空也の言葉に、

「荒川浜の旅籠《はたご》はもうそこたい。湯に入ってくさ、剣友の固めの杯《さかずき》ば交わすばい」

と光造が応じた。

三

父ヶ岳登山の桜井道場門弟一行は、荒川浜の水夫宿に泊まることになった。在方見廻の野中光造の知り合いの宿屋濱屋《はまや》だ。

この日、荒川浜に立ち寄った船はなく濱屋では部屋が空《あ》いていた。急ぎ湯が立てられ、空也たちは交代で湯に入り、一日の疲れを癒した。そして、囲炉裏《いろり》のある板の間では膳の仕度ができていた。

ほかに客はいない。気兼ねなく語り合い、夕餉を楽しむことができそうだった。

空也にとって馴染みのない魚介が具としてあれこれ入った浜汁と野菜の煮つけが菜だった。めしは麦めしだったが、空也たちは一日じゅう山道を歩き腹が減っていた。

まず焼酎を貰ったが、空也は相変わらず口を付けずにいた。

「高すっぽどんは酒は飲まんとん、付き合いが悪かろうもん」

沖辰三が焼酎の入った茶碗《ちゃわん》を手に詰問した。

「酒の味がよく分からぬのです。そのような人間が飲んでも焼酎に申し訳ありません」

「よかよか。辰三のように十三、四から親父どんの酒を盗み飲みした悪《わる》もおれば、宍野六之丞どんのように未だ酒の味が分からん人間もおるたい。高すっぽどん、濱屋名物の浜汁を食いない」

在方見廻の野中光造に勧められ、

「浜汁を馳走《ちそう》になります」

と丼にたっぷりと装《よそ》われた浜汁を啜《すす》った空也が、

「うまかです」

と笑みを浮かべた。

「こん笑い顔はまだ子供たいね。そいがどげんしてああ強うなるとな、そこが分からんと」

小西三郎平が首を捻った。

「それがしも分からぬことがあります」

「なんが分からんな」

「三郎平どのの軽業剣法はどのようにして思い付いたのですか」

「ああ、あれな。おいは体がこまかろうもん。どげんしても力じゃだいにも敵わんたい。そんでくさ、あれこれ考えて、道場の稽古は別にしてくさ、初めてんもんと立ち合うときは、どげんもんでも利用してくさ、下忍《しのび》ごたる動きをすれば相手が戸惑おうもん。ばってん、高すっぽどん相手にゃ効かんかったね」

三郎平が軽業剣法誕生の一端を告げ、苦笑いした。

「桜井先生は大らかな方ですね。三郎平どのの軽業剣法を許されたのですから」

「おお、先生はくさ、戦いは騙し合いも技のうちと言いなると。軽業剣法もその一つたい」

徒士目付支配下の山脇源太郎が言い、

「薩摩剣法は激しかね。三郎平の軽業剣法は安もんの手妻《てづま》たいね」

と笑った。

「源太郎どんは高すっぽどんに太刀打ちできるとな」

「おりゃ、高すっぽどんが抜け荷商いに行ってくさ、唐人の小菟との立ち合いを聞かされて、手も足も出んと知ったと。そんで諦めたと」

と正直な気持ちを洩らした。

確かに源太郎と道場で立ち合ったことはなかった。まさか源太郎が稽古を避けているとは空也は考えもしなかった。

ともあれ若い者同士、今日一日山道を歩いてきた仲間だと心を開いたこともあって、四人は焼酎を呷《あお》るように飲みながら、空也にあれこれと質した。

「高すっぽどん、いつまで福江におるとな。武者修行ちゅうてん、わしら相手では物足りまい」

辰三が空也に訊いた。

「いえ、稽古はやり方次第、相手次第で修行になります」

「高すっぽどん、おんし、夜稽古もしとろうが」

源太郎が質した。

「承知でしたか。それがし、稽古が大好きなのです。幼い折りから木刀を振り回して遊んでおりました。母上は『そなたは木刀を手に生まれてきた』とよく申されます」

ふーむ、と鼻で返事をした辰三が、

「高すっぽどん、訊いてよかな」

「なんなりと」

「おんし、真剣勝負ばしたことがあるな」

と尋ねた。

空也はしばし間をおいて頷いた。

「おいは思うとったと。高すっぽどんの剣術はくさ、真剣勝負をやったもんの凄味たい」

「辰三どの、それがし、己から望んで刀を抜いたことはありません。相手から望まれて致し方なく勝負をなしたのです」

「相手は薩摩やろ、高すっぽどんが強かわけたい」

三郎平が得心するように言った。

「高すっぽどん、われらはもはや心を許し合うた朋輩《ほうばい》たいね。薩摩で稽古をした剣法を見せてくれんね」

と辰三が空也に願った。

「剣術は見世物ではなかぞ」

源太郎が辰三を窘《たしな》める。

「そりゃそうたい。高すっぽどんの剣術はおいの軽業剣法と違おうたい。ばってん、そげん剣法も稽古をしようもん。そんときでよか、おいにも見せてくれんね」

と三郎平が迫った。

「分かりました」

「おお、見せてくれるとね」

「明日、父ヶ岳に見事皆で登ったときに、それがしの拙《つたな》い技を披露します」

と空也が約束した。

「ならば、おいの軽業剣法の神髄も見せようたい」

三郎平が小さな体で胸を張った。

「三郎平、そなたの軽業剣法に神髄などあったとか」

在方見廻の野中光造が苦笑いの顔で訊いた。

「神髄はこれまでだいにも見せとらん。高すっぽどん相手に一矢《いっし》報いたか」

三郎平が真剣な顔で言った。

空也はこの四人の中でいちばん剣術が好きなのが小西三郎平と承知していた。

強い弱いは別の話だ。

「楽しみです、三郎平どの」

空也は二杯目の浜汁でめしを食べた。

翌朝、七つ半（午前五時）、空也たちは濱屋を出て父ヶ岳に向かった。山から日が昇り、海を橙色《だいだい》に染めるのを見ながら、空也たちはまず北へ浜沿いの道をとり、頓泊《とんとまり》の方向へと一里ほど進んだ。

「ああ、頭が痛か」

沖辰三が言った。

「辰三、焼酎の飲み過ぎたい。ちっとは高すっぽどんば見習わんね」

と山脇源太郎が言ったが、当人も昨夜の焼酎が残っている顔付きだった。

「結局たい、うちらの中で賢かとは高すっぽどんだけたい」

野中光造が源太郎の言葉に応じた。

「まあ、致し方なか。高すっぽどん、福江ではくさ、こげんこつがなかと焼酎も飲めんと」

三郎平が空也に言い訳した。

「ご家老の青方様はなかなかのお方のようにお見受けいたしました」

「そりゃ当たり前たい。当代の殿様が藩主の座に就《つ》かれたのが十六、七歳やったと。その若殿様の命で青方弥五左衛門様が家老職に就かれたたい。その年、殿様は『自分掟』と呼ばれる『御蔵元勘定方規定』の触れを出され、緊縮財政を始められたと。こげん『自分掟』の知恵は、いくら賢か殿様でん若過ぎて考えつくめい。青方様の知恵たいね」

徒士目付支配下の山脇源太郎が言った。

「ははあー、そげんこつな。そいでおいは得心がいったと」

沖辰三が源太郎の言葉に応じた。

かように藩政を語るなど城下ではなかなかできぬのであろう。城下を離れて父ヶ岳に登る道中ゆえ話し合えるのかと、空也は感じた。また同時に、藩の事情を他国者の空也に理解させようとの厚意だとも考えた。

「ただ今の福江藩は、緊縮財政をやり遂げたおかげで、持ち直したのですね」

「そいがな、高すっぽどん」

三郎平が言い出した。

「なにかありましたか」

三郎平が朋輩三人を見回した。

「だいもが承知のこつたい。去年のことたい、幕府に勅使饗応役を命ぜられた。その費えが藩にはなかもん、そんで西村円助なる商人に援助させたと。少し楽になったと思うたらたい、江戸からの命たい。こいばっかりは断りきれんたい」

　源太郎が嘆息しながら説明した。

「高すっぽどん、おんしの父上は道場主ちゅうたな。江戸で道場が成り立つとな」

　頭に手拭《てぬぐ》いを巻いた辰三が訊いた。

　この四人の中で三郎平が長崎勤番に就いていたが、江戸勤番を経験した者はいなかった。江戸がどんなところか辰三らは想像するしかないのだろう。

「門弟衆はそれなりにおられます。とは申しても、商人方の助勢でなんとか道場の運営が成り立っているのだと思います」

　推測を交えて空也は語った。直心影流尚武館道場の名を出すことは空也の出自を明らかにするようなものだ。

「高すっぽどんは、そん道場を継ぐとな」

　辰三は二日酔いのせいか、次から次へと質してきた。

「さあ、未だそこまで思い至りません。それがし、武者修行をやり遂げることだけを考えております」

「武者修行な。高すっぽどん、異国がどげん武器を持っとるか承知な。剣じゃ太刀打ちできんばい。連発短筒《たんづつ》やら大砲を持っとると」

と言外に剣の時代は終わったと言ったのは、長崎勤番の経験がある小西三郎平だ。

空也は治助に誘われて、唐人との抜け荷取引に立ち会った。その折り、唐船にかなりの数の大砲が搭載され、肥後丸にさえ数門の大砲が装備されているのを見ていた。大砲の砲撃の現場に立ち会ってはいないが、三郎平が、

「剣の時代は終わった」

と考えるのも無理からぬことと空也も察することができた。

また、三郎平の軽業剣法の発想も長崎勤番の経験があってのことかと、空也は勝手に推測した。

「薩摩でもしばしば聞かされました」

「それでん、高すっぽどんは剣の修行するとな」

三郎平が詰問した。

空也はしばし考えた。

すでに一行は海に臨む道から山道を北東へと進んでいた。

父ヶ岳と七ッ岳との岐《わか》れ道がある山の中腹に辿り着いたとき、野中光造が、

「よし、ここで草鞋《わらじ》の紐《ひも》を締め直していくばい」

と四人に注意し、空也と三郎平の会話をいったん中断させた。

空也らはそれぞれが替えの草鞋を腰にぶら下げていた。荒川浜からわずか一里ほどしか歩いていない。光造の注意どおりに、朝履いた草鞋の紐を締め直すことにした。

「ここから父ヶ岳の頂きまではそう遠くはなか。ばってん、それなりに最後の登りはくさ、きつかたい。足を滑らさんごと一歩一歩しっかりと地面を踏んで登りない」

光造の注意に一同は頷いた。

一行は北西の山道に入り、先頭に光造が立った。続いて三郎平、空也、辰三、そして最後に源太郎と一列縦隊になった。

最初の登りは緩《ゆる》やかだった。

本式な登りに入ったとき、光造が、

「おお、もう藪椿《やぶつばき》が咲いとるたい、高すっぽどんを歓迎しとるとやろか」

足を止め、可憐《かれん》な花を指さした。

空也は真っ赤な花唇《かしん》に白い縁どりの花を眺めた。

「いつもはな、もう少し先に咲くとやがな」

光造が空也に言った。

「薩摩とも肥後とも違いますね」

「この辺りは海流のせいで温暖にして雨が多かと。木も野鳥も本土とは違うたい」

さらに登ったとき、光造が、

「あれがクワズイモ、こっちがショウベンノキたい」

と在方見廻で覚えた知識で教えてくれた。

「おお、汗かいたらたい、焼酎が抜けた。もう大丈夫やろ」

辰三が言った。

岩だらけの間を光造は巧妙に一歩ずつ進んだ。

空也が、長崎を知る三郎平に尋ねた。

「三郎平どの、異国の物産はそれほど進んでおりますか」

「おいはほんの少ししか異人の造ったもんは見ておらん。じゃがな、遠眼鏡《とおめがね》、船の造り、大筒《おおづつ》、医薬品、どいをとってん、和国のもんとは比べようもなかと」

と言い切った。

「薩摩でも、和国が二百年近く鎖国を続けたせいで、異国にすべての面で置いていかれたと聞かされました。薩摩は異国を直に知る西国の雄藩です。それが東郷示現流にしろ野太刀流にしろ、盛んに稽古をしておられました。剣術とは、技を磨くことだけが目的ではございますまい。万が一の大事に至った折り、肚が据わっているかどうか、そのために鍛錬するのではありませんか」

空也は最前の三郎平の問いに不意に答えた。その言葉を四人それぞれが受け止め、しばし沈黙が続いた。

「そうか、大事に至ったときに肚が据わるための鍛錬か。おいの軽業剣法ではだめやろね」

三郎平が自嘲した。

「いえ、そうとも言い切れません。軽業剣法も奥義《おうぎ》を極めれば、それはそれでよいのではありませんか」

「高すっぽどん、昨晩、山の頂きで軽業剣法の神髄を披露すると言うたが、あん言葉は撤回する」

三郎平が言った。

どこか吹っ切れたような物言いだった。

「いえ、途中で諦めてはなりません」

空也の言葉に四人がしばし沈黙で答えた。

「高すっぽどんの剣術は、勝ち負けだけではのうて、われらが考えもせんこん大地やら空やら海やら、まして異国まで見据えて修行しちょる。昨日、辰三が『高すっぽどんの剣術は真剣勝負をやったもんの凄味』ごたる言辞を弄したな。違うぞ、辰三。高すっぽどんのまっことの強さの秘密は、見据えた先が途方もなく広く深いことたい。そいが、おいたちの鈍《なまく》ら剣法との違いたい」

山脇源太郎が言い切った。

ふたたび一同が無言になった
「源太郎どの、買いかぶり過ぎです。それがしの剣術修行は迷いだらけ、ゆえに木刀を振るっているのです」

「そう聞いておこうか」

道が途端に険しくなった。

もはや話すどころではない。

一同は無言で父ヶ岳の最後の行程を登り詰めた。

空也は顔に涼しい風を感じた。

「高すっぽどん、父ヶ岳ん頂きたい」

と空也に尋ねた。

空也は鋸状に連なる岩峰を見た。七ッ岳はその岩峰の一つだろう。

「薩摩と肥後の山々は間違いなく、こちらの三倍から四倍は高く、深いです」

と答えた空也は、国境を守る外城衆徒の眼がないだけでも福江島の山は気が楽だと思った。獣道を通る生き物は、人間の気配に隠れ潜んでいるはずだった。野生の生き物は近付く者が自分にとってどのような相手かを本能で察していた。

「辰三どの、肉刺はどんな塩梅《あんばい》ですか」

「光造どんの手当てでたい、痛みが減った」

そうは言うものの、辰三は肉刺の痛みに悩まされている顔をしていた。

「三郎平どの、野太刀流の稽古をいたしますか」

「なに、こん岩場でか」

「これだけの広さがあれば五人一緒に稽古ができましょう」

と空也が言い、背の竹籠を下ろすと、木刀を手に西の海に向かって構えた。

「薩摩の野太刀流は、蜻蛉と称される構えから運歩で走り寄り、腰を落として渾身の力で続けざまに『タテギ』を打ち込みます。ですが、この岩場は運歩ができるほど広くありません。それがしが運歩なしにやってみますが、むろん『タテギ』もない。ゆえに虚空を叩きます」

「タテギ」とは二本の柱を交差させた二つの台の上に束ねた木を横に置いたもので、薩摩剣法の稽古に使うものだが、ここでは用意しようもない。

岩場で空也が木刀を右蜻蛉に構え、海を眺め下ろした。

三郎平らは空也の構えに雄大さと強さを感じた。

「野太刀流では地面を叩き割るほどに叩けと教えます」

と言った空也は呼吸を整えた。

「きえーっ」

父ヶ岳と七ッ岳の稜線上に猿叫が響いた。

右蜻蛉の構えから木刀が仮想のタテギに落ち、ふたたび木刀が上段に、左蜻蛉に返され、タテギを叩いた。右蜻蛉、左蜻蛉と構えを変えながら続け打ちが間断なく繰り返された。

むろん仮想のタテギゆえ音はしない。だが、空也の木刀は七ッ岳の稜線の大気を斬《き》り割って震わせ、三郎平らの肚に音もなく、
どすんどすん
と響いた。

もんを見たかったからたい。高すっぽどんも約定したろうが」

辰三は頑固に言い張った。

三郎平らが空也を見た。

空也は山躑躅《やまつつじ》と思える枝を一本だけ折ると、

「三郎平どの、あの岩場に登れますか」

と願った。

空也たちがいるところから一間ほど離れたその岩場は、空也たちよりも一丈（三メートル）ほど高かった。

「軽業剣法の三郎平たい、容易《たやす》いことたい」

「では、この一枝を持って岩場に登ってください」

「よか」

と返事を残した三郎平が山躑躅の枝を口に咥《くわ》えて、するすると隣の岩場に取りつき、一丈の高みに攀《よ》じ登《のぼ》った。

その間に空也は木刀を備前長船派修理亮盛光に替え、腰に差し落とした。そして、隣の岩場の三郎平を見上げた。

「三郎平どの、その枝を好きなときに、それがしに向かって投げ落としてくだされ」

空也の願いに三郎平が頷いた。

三郎平はすでに彼我《ひが》の力の差が途轍《とてつ》もなくあることを承知していた。だが、一矢報いたい気持ちもなくはなかった。

三郎平が手にするのは刀ではない。山躑躅の一枝だ。

これをいつ空也に投げ落とすか、その瞬間に、

「勝負」

がかかっていると思った。

「よかな」

「いつなりとも」

と応じた空也が両眼を閉ざした。

「な、なんと」

驚きを感じながら三郎平は、気配を感じさせぬように、
ふわり
と空也に向けて山躑躅の枝を落とした。

空也の左手が刀の鯉口《こいぐち》にかかり、

くるり

と上刃から下刃に変えた。

その瞬間、修理亮盛光が一条の光となって抜き放たれ、気配もなく落ちてくる一枝を二つに斬り上げた。

「おっ」

辰三が驚きの声を洩らした。だが、驚くのはまだ早かった。

空也は次の瞬間、修理亮盛光を鞘に納め、新たに抜き打った一撃で、二つに斬り分けた山躑躅を四つにしていた。

三郎平は、茫然自失してその早業、

「抜き」

を見ていた。

三度、四度と山躑躅の枝が細かく切り分けられ、遂には岩場に舞い落ちてきた。

そのとき、残心《ざんしん》の構えをとった空也の修理亮盛光は七ッ岳の頂きに向けられ、

ぴたり

と止まっていた。

「な、なんちゅうこつな」

源太郎が呻《うめ》いた。

空也は静かに刃を鞘に納めて両眼を開いた。

「た、高すっぽどん、見たぞ。おいには考えられんと」

と辰三が言った。

「われらは、薩摩剣法の会得者と一緒に稽古をしていたとか」

光造の感想だった。

「光造どの、薩摩剣法の『抜き』は、樋《とい》から雨だれが地面に落ちるまでに三回の『抜き』を繰り返すことができなければ会得者とは名乗れません。それがし、まだまだ、未熟者です」

「ふうっ」

と四人が期せずして息を吐くと源太郎が、

「高すっぽどん、桜井道場ではおんしには手ぬるかろう」

と改めて尋ねた。

「いえ、稽古相手がおられることはそれがしにとって大事なことです。それにこうして福江の山並みを教えられました。これからは時折り、島の山並みに入って山修行をいたします。その折りはそれがしの不在を案じずにいてくだされ」

と願った。

一行が七つの岩峰を登り下りして七ッ岳の頂きに到着したのは八つ（午後二時）の刻限だった。小石が積まれただけのものが頂きの標《しるべ》だった。

七ッ岳から、西に傾いた陽射《ひざ》しが照らす海を眺めた。

父ヶ岳とはまた違う景色だった。

空也は七ッ岳の頂きから対馬の方向を、そして眉月の体内に流れる血の故郷、高麗を望んだ。むろん対馬も高麗も見えなかった。

空也は最後に眼差しを薩摩の方角へと移し、

（眉姫様、海の向こうにそなたの故郷が見えておりますぞ）

と胸の中で話しかけ、掌《てのひら》をお守りのある胸元の革袋に置いた。

そのとき、空也は眉月の面影を脳裏に思い描いていた。

薩摩の麓館では、眉月が江戸の母親から届いた文を読み返していた。母は文に、

「眉月、そろそろ江戸に戻ってこられませぬか」

と帰府を促していた。

だが、眉月はこの西国のどこかに空也がいると思うと、そして、祖父を独り残して麓館から江戸へ戻る気にはなれなかった。

不意に眉月は空也の声を聞いたように思えて、縁側に立った。

「八代から空也様はどこへ行かれたのですか」

何度も祖父の重兼に質したが、

「眉月、高すっぽのことじゃ、心配はいらぬ。西国を離れる折りは必ずや麓館に書状を寄越すでな」

と答えただけだった。重兼自身、空也の行き先を承知しているふうはなかった。

(眉姫様、どうしておられますか)

と空也の声が胸に響いた。

「どこにおられるのですか」

(はて、どこでありましょう)

その言葉を最後に空也の面影が消えた。

七ッ岳に登った空也一行が荒川浜への復路に入ったのは、八つ半(午後三時)の刻限だった。断崖《だんがい》と岩場を低い緑の木々が覆い、その下にはヘゴ、リュウビンタイなどシダ類が生《は》えていた。一行は足場の悪い下り道を木の枝などを摑みながら、麓へと下っていった。

「おお、郷に戻り着いたと」

「濱屋で湯を浴びて、焼酎を飲むばい」

三郎平と辰三が言い合った。

「ご一統、それがし、いささか体を動かし足りませぬ。この界隈の浜道をしばし走って参ります」

と言い残すや、空也は背に竹籠、手に木刀を携《たずさ》えて走り出した。

一同は空也が竹籠をかたかたと鳴らしながら走り去る背を見ていたが、もはやだれもなにも言葉を洩らさなかった。

福江島の荒川浜にゆっくりと夕暮れが迫っていた。

第三章　小梅村の新蔵

一

かつて五本の堅木を立てた野天道場では、空也がその頂きに向かって飛び上がり、木刀を振るって叩き込んで回っていた。その堅木が薬丸新蔵と門弟たちの手によって一新された。

柞《ゆす》の木は江戸ではなかなか手に入らないので、柞に類した柔軟で固い材の堅木の丸柱を野天道場の四隅に立て、真ん中にはタテギが設えられた。

新蔵は新たにできあがった野天道場に満足げであった。

その野天道場を、田丸輝信と門弟衆、後見方の向田源兵衛、客分の小田平助、それに武左衛門らが眺めていた。

夕暮れにはいささか間がある七つ（午後四時）の刻限だった。

「おい、薩摩ん衆、これが薩摩剣法の稽古場か」

武左衛門が新蔵に質した。

「いかにもそげんごわんど」

ふーむ、と鼻で返事をした武左衛門がなにか言いかけたとき、早苗と女衆が塩と酒を持参してきた。

「なんじゃ、早苗。野天道場完成祝いに酒を酌み交わそうという趣向か。なかなか洒落《しゃれ》ておるではないか」

「父上、なぜ頭から酒の一文字がなくならないのです」

娘が父親に質した。

「大いに結構、祝い酒であろうが」

「いえ、道場開きにお浄《きよ》めをするための御神酒《おみき》と塩です」

「つまらん、だれの考えか」

「亭主どのの命《めい》です」

早苗が輝信をちらりと見た。

「舅《しゅうと》どの、だれに怪我があってもなりません。また空也様に許しを得ずして一新された道場で血が流れてもなりませぬ。そのためのお浄めです」

と輝信が答えるのへ、

「大方、川向こうの尚武館道場の主の知恵か」

と武左衛門が応じたとき、輝信が御神酒を、平助が塩を持ち、四隅の丸柱と、野天道場のほぼ真ん中に設けられたタテギを浄めて一礼した。

薬丸新蔵も一統も見倣《みなら》った。

「御神酒がだいぶ残ったではないか。地べたばかりに酒を吸わせても勿体なかろう。この武左衛門が飲んでやろうか」

婿《むこ》の輝信の御神酒の残りに手を出しかけた父親に、

「父上、母上から酒は決して飲ませてはならぬと厳しく命じられております。うちでは一切酒を飲むことを禁じます」

と早苗が厳しく言い放ち、その前に立ち塞《ふさ》がった。

「早苗、そなた、だんだんと勢津《せつ》に似てきおったな。輝信、ようこんな女子を嫁にしたものよ」

と呟いた武左衛門の視線が新蔵に向けられ、

「薩摩ん衆、どうだ、野天道場開きに稽古をしてみぬか。わしは未だ本式の薩摩剣法の稽古を見たことがない」

と言った。

かような言辞は武左衛門にしか吐けなかった。

野天道場が完成したというので、小梅村の門弟たちも全員が母屋の庭の一角に集まってきた。

「武左衛門どん、おいも最前からそんことを考えちょったと」

と応じた新蔵が、

「輝信どん、よかな」

道場主の田丸輝信に許しを乞《こ》うた。

「川向こうの坂崎磐音先生の許しを得ての野天道場一新です。新蔵どの好きになされ」

その言葉に頷いた新蔵が、野天道場の隅に置かれた柞の木刀を手にして草履を脱ぎ捨てた。

かつて空也が走り回った地面に、足裏を馴染ませるように擦《こす》り付けていた新蔵の表情が変わっていた。

新蔵が珍しくも一礼した。

それはタテギに対してではなかった。この野天道場を造り直すことを許した磐音や、実際に汗をかいて手伝ってくれた輝信ら門弟衆への感謝の気持ちだった。

小田平助は新蔵の顔が小梅村入りした折りよりも、

「柔和」

に変わっていると、己の来し方と重ね合わせて想いを馳《は》せていた。

だが、柔和に見えた顔の下に薬丸新蔵の野心があることに平助は気付いていなかった。

ふたたびタテギに向き合った新蔵が蹲踞《そんきょ》の姿勢をとった。下半身を正面に向け、股を割り、右半身に構え、背筋を伸ばして正面を凝視した。

木刀の柄《つか》を臍《へそ》の辺りに引き寄せ、切っ先はわが身の前の地面に付け、一礼し、立った。

輝信らは薩摩剣法の儀式を興味津々で眺めていた。

新蔵が右の耳横に、柞の木刀を突き上げると、片足を前に親指、人差し指、中指の三本で、
すっ
と垂直に立った。

右蜻蛉の構えだ。

その瞬間、向田源兵衛ほどの剣術家が、

「美しい」

と右蜻蛉の構えにほれぼれとして声を上げていた。

「朝に三千、夕べに八千」

の続け打ちの稽古を長年積んだ者だけが醸《かも》し出す構えの極致だった。

だが、それは野太刀流稽古の序章にすぎなかった。

「きえーっ」

猿叫が小梅村に響き渡り、新蔵がタテギに向かって走り出した。運歩で一気に間合いを詰めた新蔵がタテギを前に腰を沈めて、新たな気合いの声を発し、木刀をタテギに叩き込んだ。

どすん
と見物する者の肚に響く音がしたかと思うと、新蔵の木刀が振り上げられ、凄《すさ》まじい勢いの続け打ちが繰り返された。

武左衛門らは茫然自失して新蔵の打ち込みを見ていた。

諸国を遍歴した経験を持つ小田平助と向田源兵衛も言葉をなくし、際限なく繰り返される続け打ちを凝視していた。

右蜻蛉、左蜻蛉、さらに右蜻蛉と、際限なく繰り返される。

新蔵の続け打ちを見守る一統は、船着場に猪牙舟《ちょきぶね》が着き、坂崎磐音が降り立ったことに気付かなかった。

磐音は小梅村の番犬の小梅《こうめ》だけに迎えられ、門を潜って無人の道場へと回り込み、雑木林の中を抜けて野天道場が望める場に出た。

磐音が見たものは、薬丸新蔵が一心不乱にタテギに向かう姿だった。東国の剣術には見られない極限の、

「凄味」

があった。

磐音も、薬丸新蔵が江戸で一門を立てようとする野太刀流の技と力の凄さを改めて目撃した。

磐音は遠目に、一瞬たりとも緩みのない新蔵の続け打ちをただ眺めていた。

(空也はこの激しい稽古に堪えられたのか)

磐音は新蔵の動きに空也を重ね合わせようとした。だが、新蔵の狂気とも言える激しさは、磐音が知る空也とは重なり合わなかった。

どれほどの時が流れたか。

いま一度猿叫が野天道場に響いて新蔵が構えを解いた。

タテギを叩き続けた新蔵の顔は紅潮していたが、息は乱れていなかった。

磐音は、空也が本能で薩摩剣法を求めたことを新蔵のタテギ打ちに見ていた。

野天道場に吐息が洩れた。

小田平助が磐音に気付いて、

「磐音先生」

と声をかけた。

「おお、これはうっかりしておりました」

放心していた田丸輝信が声を洩らした。

「輝信どの、新蔵どのの稽古を見せられた者がよそに注意がいくなどありましょうかな」

と磐音が微笑《ほほえ》んだ。

新蔵が磐音に一礼した。

「新蔵どの、野太刀流の神髄を見せてもらいました」

新蔵はなにか言いかけたが、それをやめて磐音にただ会釈を返した。

「本日披露した技と力、過日は秘しておられましたか」

磐音が新蔵に質した。

「そげんことはなかと、磐音先生」

と即答した新蔵は、しばし沈黙して考えをまとめている様子を見せた。

「おいはあんとき、真剣勝負も考えとりましたと。江戸に出て東国剣法ば叩きつぶす覚悟で、どこの道場の門も潜りましたと」

「その結果、薬丸新蔵どのは江戸じゅうの道場を震え上がらせた」

磐音の言葉にまた新蔵が沈黙し、間を置いた。

「なんじゃろな、磐音先生と立ち合うたとき、そげん気持ちが失《う》せとりました。いや、なんやらこげん気持ちは初めてじゃったと。おいの力も技も気持ちも、空か海のごたる大きなものに包まれたようで、どげんもこげんもしようがなかったとです」

新蔵は迷いに迷い、己の気持ちを探りながら話した。

「磐音先生、あいが、『春先の縁側で日向《ひなた》ぼっこをしながら居眠りしている年寄り猫』のごたる居眠り剣法でごわんど」

新蔵が念押しし、こんどは磐音が間を置いた。

「新蔵どの、だれから聞かれたか知らぬが、さようなことはそれがしが言い出したことではござらぬ。それがしの剣の師匠はふたりだけ、一人《いちにん》は神伝一刀流《しんでんいっとう》の中戸《なか と》信継《のぶつぐ》様、もう一人は養父《ちち》でもあった直心影流の佐々木玲圓《ささきれいえん》です。中戸道場で剣の基を習い、佐々木道場で直心影流の技をひたすら練《ね》った。ただただ二つの流儀を丹念に稽古してきただけにござる」

そうであれば、居眠り剣法は流儀を超えた人柄から滲《にじ》みでる剣風だろう。

新蔵は、高すっぽこと空也と加治木で初めて立ち合ったとき、説明のつかぬものを感じていたことを思い出していた。

むろん父磐音の泰然自若《たいぜんじじやく》とした受けの居眠り剣法と、若い空也の野太刀流の素早い動きとは剣風が違っていた。

加治木での立ち合いで空也は見せなかったが、父から受け継がれた大らかな剣風を隠し持っていたのだと、新蔵は今悟っていた。神保小路の立ち合い以降、幾たびも考えに考えて思い至ったことだった。

そして、今一つ、坂崎空也の野太刀流は、菱刈郡の麓館に始まったのではなく、幼い頭で独創した小梅村の堅木打ちの稽古が始まりだと、この地に逗留して悟っていた。むろん小田平助の槍折れの技も加味されていると新蔵は確信していた。

それでも新蔵には疑問があった。

「磐音先生の居眠り剣法とおいの野太刀流は、まるで考えが違うと。薩摩剣法は、寸毫の速さを会得する剣法たい。そんために剣者は、『朝に三千、夕べに八千』の続け打ちを何年も何十年も繰り返すっと。そいがたい、磐音先生の前に立つと、あいだけ稽古して得た力がいつの間にやら、地べたに吸い取られたごたると。ほんのこつわけが分からんち」

新蔵が首を捻った。

四隅に堅木を立てた野天の道場の二人の会話にはだれも入り込めずに、間を置いたところから、ただ見守っていた。

「見らんね、あん薩摩の暴れん坊が、磐音先生の前ではくさ、借りてきた猫ごたるもん」

と平助が呟くのへ、

「平助さん、だれもがあの磐音のわけの分からん気に騙されるのだ」

と武左衛門が応じていた。

「新蔵どの、そなたの問いに、それがしも答えることができ申さぬ。ですが、そなたが目指す剣法を信じて稽古を続ければ、いつの日か答えが得られるやもしれません。あるいは」

磐音は言葉を止めた。

剣の道を志す者が技芸を会得することなどありえようか、頂きにはだれも手が届かぬゆえに稽古を積むのだ。坂崎磐音とて死に際して、迷いを抱えて彼岸に旅立つかもしれなかった。

「空也どんもその答えを探しに武者修行に出やったとやろか」

「空也には空也の考えがあってのことでござろう。親は、ただ倅の進む道を信じるだけです」

「おいには、おいの剣術を信じてくれる者はおらんと」

新蔵がぽつんと呟いた。

「いや、周りを見ればそなたの剣術を認めておる方々がおられる。空也も、この坂崎磐音もそのひとりにござる」

磐音の言葉を吟味するように頭に刻み込んでいた新蔵が、

「磐音先生は、豊後関前藩の家臣じゃっど」

と話柄を変えて質した。

「いかにもさようでした」

「なして藩を離れられたとでごわすか」

磐音は、新蔵が磐音に関心を持ってのことではなく、己に迷いがあるゆえこのような問いを発したと承知していた。

「聞いてくれますか。長い話になりますぞ」

と笑みの顔で言った。

新蔵が重々しい顔で頷いた。

「明和九年（一七七二）のことゆえ、二十五年も前になります。それがしと、朋輩にして剣友の河出慎之輔《かわでしんのすけ》、小林琴平《こばやしきんぺい》の三人は江戸勤番を終え、関前城下に戻りました。われら三人の胸の中には国家老宍戸文六《ししどぶんろく》様に壟断《ろうだん》された藩政を改革する夢がございました。その夢が一夜にして瓦解したのです」

「ないがあ」

予想もせぬ話の始まりに新蔵は狼狽《ろうばい》した。期せずして空也の父親の胸の奥底に秘められた懊悩《おうのう》を質そうとしていた。

新蔵の後悔の顔をよそに、磐音は国家老一派の策略によって生じた悲劇を淡々と話し始めた。河出慎之輔が城下の噂《うわさ》に惑わされて、江戸から帰国する亭主を待ちわびていた妻を殺害したこと、慎之輔の妻舞《まい》は琴平の妹であったこと、兄の琴平が妹を無慈悲に殺害した慎之輔を斬ったこと、上意討ちを強いられた磐音が琴平と尋常勝負の結果、討ち果たしたことなどを語った。

新蔵は茫然自失していた。

(まさかこげん話を聞かされるとは)

「われらの藩政改革の夢は、国許《くにもと》に戻って一夜にして掻き消えました。それがしの許婚《いいなずけ》の奈緒《なお》は琴平と舞の妹でした。上意とは申せ、奈緒の実の兄を討ち果たしたのです。関前藩を脱けて江戸に身一つの浪人として戻るしかありませんでした。それがしに残されたものは、ただ剣の道でした」

「磐音先生、粗忽者《そこつもん》ば許してたもんせ」

ぶるぶると身を震わせた新蔵は磐音に許しを乞うた。

「それがしの昔話などなんのことがありましょう。剣はそれがしにとって、生きるよすが、救いでござった。そなたも空也も、己が求めるものとして剣の道を選んだのです。この道を選んだ以上、求めることよりも捨てざるを得ないことが多いはず。薬丸新蔵どの、江戸で急ぎ答えを出すことはござらぬ。時が許すかぎり思い悩みなされ、新蔵どのには野太刀流の剣術があるのです。怖いことなどありません」

新蔵は、空也に授けられるべき言葉を磐音から聞かされたことを胸の中に刻み込んだ。

(おいには剣の道があっとじゃ)

と思いながら、高すっぽは、坂崎空也はどこでどうしているのかと、新蔵は考えていた。

二

空也らは父ヶ岳、七ッ岳縦走登山から福江城下の桜井道場に戻ってきて、いつものように稽古を再開しようとした。

翌朝のことだ。

山脇源太郎の上役でもある徒士目付の井上義次が戻ってきた五人の顔を見て、

「おや、辰三の面付《つらつ》きがえろう引き締まったごたる」

と感想を述べた。

「で、ございましょう、井上様。われら、宍野六之丞どんの厳しさを目の当たりにして、日頃の稽古がいかに甘かったかと猛省したとでござる。そげなわけでたっぷりと高すっぽどんの薫陶《くんとう》を受けて、変わりましたと」

辰三が真面目《まじめ》な顔で応じた。

「ほう、辰三が猛省ばしたと言いなると」

師範代の龍神四郎平が首を捻って呟いた。

「師範代、おいの言葉はなんぞおかしかですか」

辰三が龍神に反問した。

「いや、大変失礼をばいたした。おんしが心を入れ替えて厳しい稽古をなすと言うならば、それに勝ることはあるまい」

と応じた龍神が、

「辰三、おんしだけ足を引きずっておるようだが、どげんしたとな」

「はあ、こいはですな、あまりの強行軍で足に肉刺ができたとです。それでん、おいは皆に迷惑をかけちゃいかんたいと、皆の歩みに一歩も遅れることなく、痛みを我慢し、かつ、食い物の入った竹籠ば背負いとおしたとでござる」

「そうでござるか。で、おんし、竹杖《たけづえ》をついてくさ、城下に戻ってきたげな。そん折り、高すっぽどんが担ぐ竹籠を慌ててもらい受けて担いだのを、おいの小者《こもの》が見ちょったたい。あれはどげん意な」

「ああー」

沖辰三が悲鳴を上げた。

「あいば見られたとですか。そ、それにはいささか事情がございましたと」

「であろうな。おんしの父ヶ岳登りの光景は、こん福江城下からもよう見えたと」

と言われた辰三が、しゅんとした。

「まあ、高すっぽどんに付き合うただけでもよしとせねばなるまい」

道場主の桜井が取りなし、小西三郎平を見た。

「先生、辰三の肉刺は別にして、宍野六之丞どんと同道できたことは、よか経験じゃったとです」

と三郎平が応じ、

「いかにもさよう、在方見廻のおいの山案内など、高すっぽどんには要らんかったとです。江戸者ながら、山ばよう承知ですと」

と野中光造が言い添えた。

「日頃の稽古に甘さがあったと感じただけでも、父ヶ岳登りをしてよかったではなかか。その考えを稽古で披露してくれんな」

桜井の言葉に辰三が、

「ご一統にいささか迷惑ばかけたけん、おいがまず高すっぽどんの稽古相手ば務めまっしょ」

と言った。

「高すっぽどん、手加減なしに辰三に稽古をつけてくれんね。いや、辰三だけでは物足りめい。三郎平、源太郎、光造、おんしらも辰三と一緒に高すっぽどんに立ち向かかえ。よかか、おんしらの竹刀の先がくさ、少しでん高すっぽどんの体に触れねば稽古は終わらんたい」

道場主桜井冨五郎の言葉に四人が顔を見合わせ、

「辰三の妄言のせいでこげん羽目になったとたい。おいの軽業剣法はまるで高すっぽどんには通じんと。どげんしたもんじゃろか」

と三郎平が三人の仲間に尋ねた。

「三郎平、こりゃ策がいるな」

「どげん策な、源太郎どん」

四人が額を集めてひそひそと相談を始め、

「よか、そいでいくばい」

光造が竹刀を手に、道場の端に座して瞑想していた空也に、

「高すっぽどん、立ち合いをお頼み申す」

と願い、三郎平が、

「よかな、高すっぽどん、われら四人はくさ、福江島一の父ヶ岳から七ッ岳に生死をかけて登った朋輩、心を許し合うた剣友たいね。よう聞きない、手ば抜いちゃいけん。桜井先生方が見とらすもん。よかな、くれぐれも言うばい、手ば抜いちゃいけんと」

と懇々と繰り返した。

その場にいるだれの耳にも、

「適当なところで四人のだれかの竹刀に当たれ」

と頼んでいるのがありありと分かった。

空也が立ち上がり、

「お願い申します」

と竹刀を正眼《せいがん》に構えた。物心ついたときから父の正眼の構えを見よう見真似で体に染み込ませた直心影流の正眼だ。

正眼は、青眼、晴眼、清眼とも書くが、中段の構えのことだ。剣聖宮本武蔵《みやもとむさし》は、

「構えの極まりは中段と心得るべし」

と説《と》いた。

どの流派でも中段を剣術の基の構えと教える。それだけに構えがぴたりと決まるのには歳月を要した。

「おいが仕留めるたい」

辰三が肉刺の足を大仰に引きずりながら、相正眼に構えた。

見る者の目には、二人の正眼の構えに大きな差があるのは一目瞭然だった。

辰三の正眼の構えは体重をどかっと両足に乗せるものだった。

だが空也のそれは、

「形は前後左右、片寄らず、地に居つかず、亦《また》軽んぜず」

と直心影流の「法定《ほうじょう》」に認められた天然自然の道理にかなった所作であった。

「よかな、行くばい」

と念押しした辰三が足を引きずりながら間合いを詰めた。そして、正眼の竹刀を体の正面で上下させながら、空也の注意を引きつけた。

その間に源太郎と光造が空也の左右に移動し、軽業剣法の三郎平が空也の背後に控えた。

「おいの正眼の構えからの面打ちはなかなかのもんたい。高すっぽどん、気をつけない」

と言葉で注意を引きつけながら、竹刀を上下させ、

「面」

との大声を発して身を捨てた辰三が、長身の空也の面を打ちに来た。同時に背後と左右の三郎平、源太郎、光造が動いた。

四人は空也の実力が尋常でないことを、これまでの稽古と三日間の登山行で身をもって承知していた。だから、辰三を犠牲にして、持てる力と技で三人が三方から同時に攻めた。

空也は不動のまま、まず辰三の面打ちを外し、

くるり

とその場で向きを変えて、三人の攻めを、

そよりそより

と弾き返した。

四人の囲い込み作戦はあっさりと躱《かわ》されたが、

「よかな、高すっぽどん、手ば抜いちゃいけんたい」

三郎平は言いながら、軽業剣法で攪乱《かくらん》しようとした。

だが、空也の眼は四人が攻めてくる、を見極めて一人ずつ確実に竹刀を弾き、攻めを軽やかに躱していった。

「寸毫の時の差」

そんなときがいつまでも続いた。

四半刻も経たぬうちに四人の動きが鈍くなった。

「参ります」

正眼に戻していた空也が初めて声を発した。

「なんち言うたな、こいまで攻めんかったと言いなるな」

辰三が弾む息の下で質した。

辰三らが視線を交わらせ、最後の力を振り絞って空也に攻めかかった。

四人が長身の空也を四方から包み込むように、各自の得意技で竹刀を振るった。

空也の竹刀がどう操られたのか、四本の竹刀が虚空に飛んで道場の床に転がり落ちた。

「ああー」

辰三が落胆の悲鳴を上げた。

三郎平も源太郎も光造も、

「手が出ん」

という諦めの顔で立っていた。

「ふうっ」

と溜息《ためいき》を吐いたのは道場主の桜井富五郎だ。

「樊噲《はんかい》流、なす術《すべ》なしじゃな」

「辰三、源太郎、三郎平、光造、おんしら三日間も宍野六之丞どんの薫陶を受けたと言うたが、どぎゃん薫陶ば受け、どぎゃんに変わったというか」

桜井の言葉に続いて、師範代の龍神四郎平が四人を激しい口調で責めたが、そこには無力感しかなかった。

だれもなにも答えない。

「島の剣術は通じんか」

さらにぽつんと洩らした桜井に源太郎が、

「正直、手も足も出ませんと。ばってん、高すっぽどんが福江にいる間に少しでもわれら力をつけますゆえ、お許しください。桜井先生、龍神師範代」

と詫びた。

「それしか手はなかろ」

との桜井の言葉に空也が、

「ならば一緒に稽古を始めましょうか」

と稽古の再開を求めた。


そのような日々が何日か続き、福江湊に肥後丸が姿を見せたというので、稽古を終えた三郎平らと空也は船着場に向かった。

空也が主船頭の奈良尾の治助と別れて一月《ひとつき》が過ぎようとしていた。

船着場には城下の武家方も島人も大勢が集まっていた。

福江島の人間にとって、船が入るということは、上方や長崎や八代から物産や情報が入るということだ。武家方も島人もなんとなく浮き浮きした顔をしていた。

福江藩の役人衆が最初に肥後丸に乗り込み、四半刻ほど船倉で談義があった。

「あいはな、『抜け荷』の品が上方でどげん値で売れたか、勘定しとるところたい。高すっぽどんに礼金が出らんやろか」

辰三が勝手な言辞を弄した。

そのあと船からかなりの荷が下ろされて、牛車で次々に陣屋へと運ばれていった。

空也たちが船着場に来て、一刻が過ぎた頃、肥後丸の船上から、

「高すっぽどん、どげんな、島暮らしは」

と治助が空也に呼びかけた。

「お蔭《かげ》さまで稽古三昧《ざんまい》の暮らしをしております」

「話があると。船に上がらんね」

治助が空也を招いた。

空也は辰三たちのことを気にしたが、三郎平が、

「高すっぽどん、船頭の治助はおんしに話があると言うとるとたい。抜け荷の礼金と違うやろか。行ってこんね。われらは道場に戻っとるたい」

と勧めてくれた。

「ではのちほど」

と言葉を残して、空也は懐かしい肥後丸の甲板に上がった。操舵場や帆方たちが次々に、

「高すっぽどん、元気やったか」

とか、

「島の暮らしは退屈やろが」

とか話しかけてきた。その問いに一々応対しながら操舵場下の船倉の一角にある主船頭室に空也は通された。狭い船室の中にも荷が積まれて山となっていた。

「あの折りは世話になりました」

空也は治助に礼を述べた。

「人吉城下の丸目先生の頼みたい。宍野六之丞様、いやさ、坂崎空也様」

治助が偽名ではなく本名で呼んだ。

空也は黙っていた。

「まさか公方《くぼう》様の道場の主坂崎磐音様があんたさんの親父様とは、びっくりしましたばい」

治助が言った。

「どこで正体が割れたか、不思議でしょうな。わしら、船暮らしたいね。湊々に立ち寄ったとき、耳に入る話はなかなかのもんたい。摂津《せっつ》の大坂には薩摩の蔵屋敷があると。そこから流れてきた話たい。東郷示現流の高弟どんがくさ、ふたりの若武者を必死に追っとるげな。ひとりは薩摩者の薬丸新蔵どん。もうひとりは、高すっぽと呼ばれる名無しどん、その実、江戸の直心影流尚武館道場の主坂崎磐音の嫡男《ちゃくなん》、坂崎空也どんちゅうてな、聞かされたと」

得心した空也は頷くと、

「治助どの、偽名を名乗り、申し訳ございませんでした」

と深々と頭を下げた。

「頭を上げんね。詫びてもらおちゅうてこげな話をしたとじゃなかと。あんたさんの立場ならば偽名を使うのは当たり前、相手は薩摩の東郷示現流たい。丸目先生がおいにしかあんたさんの行く先を告げんかった事実を見てん、正しか判断たいね」

空也はしばし沈思し、

「治助どの。湊々で話が伝わると言われましたが、それがしが福江島にいることは、薩摩方にすでに洩れておりましょうか」

と空也が懸念を質した。

「まだ知られておるめい。薩摩が知っちょるなら、福江島に渡る船くらいいくらも都合をつけようたい。ばってん」

そう言葉を中断した治助に、

「早晩、それがしが福江島にいることは、薩摩に知れましょうね」

と空也が尋ねると、

「まず数月のうちにな」

という答えが返ってきた。

空也はどうしたものか考えた。すると治助が、

「わしらはこれから八代に戻るたい。八代にはくさ、薩摩の眼が光っていようたい。よかな、坂崎空也どん、年内に肥後丸は福江に戻ってくると。そいまで待ちない」

「また船に乗せていただけるのですか」

「あんたさんが望むならたい、違《ちご》た土地に送りまっしょ」

と言った治助が、

「こぎゃん話は意外に早う伝わるたい。そげん気配を感じたら、すぐに福江島を出ない。こん五島列島の北に野崎島《のざきじま》ちゅう島があると。そん島はな、人は住んじょらん無人の島と言われとうが、島人が何人か隠れ潜んでおるたい。そん住人はたい、隠れ切支丹じゃっと。そん隠れ切支丹の長《おさ》どんにおいが文を書く。そん文ば持ってな、野崎島に行きない。必ずや、受け入れてくれようたい。そんでくさ、わしが迎えに寄るまで待ちない」

治助が言った。

治助は手描きの海図を出して空也に見せた。海図には島々の道も描かれている。野崎島は、福江島から久賀島、奈留島、若松島、中通島と北東に向かい、小値《おぢ》賀《か》島《じま》の東の沖合に浮かぶ小島だった。治助との待ち合わせ場所は、野崎島の野《の》首《くび》の浜と告げられた。

最後に治助は、

「小値賀島と野崎島は福江藩領ではなく平戸藩の飛び地」

であることを空也に告げた。なにしろこの二つの島の北にある宇久島は福江藩領であり、空也が混乱をきたしてはいけないと考え、懇切に伝えたのである。

「よかな、こん福江島からほかの島へはな、漁《いさ》り舟に乗せてもろうて渡りない。奈良尾の治助の知り合いと言えば、断りはすめい」

と治助が言うのに、

「治助どの、かような面倒をおかけしてよいものでしょうか」

空也が申し訳なさそうに尋ねた。

「丸目先生の頼みたい。そいにな、坂崎空也どんがくさ、その若さで薩摩の鼻を明かしたと聞いてくさ、肥後の人間なら喜ばん者はおるめい。内心快哉を叫んどるたい。それほどこん西国では薩摩の力は強かと」

「治助どの、いつ八代に発《た》たれます」

「明朝たい」

「ならば前にも願いましたが、丸目先生に書状を託してようございましょうか」

「おお、書きない。おいも野崎島の長どんに書こうたい」

治助が筆記道具を二組用意してくれた。

空也はまず丸目種三郎に書状を認《したた》め、次いで麓館の渋谷重兼と眉月に宛てた文を書いて、丸目の書状の中に同封した。

「空也どんの文は厚かたいね、丸目先生だけじゃなかろ」

と笑った治助が、

「福江藩と桜井先生を薩摩との争いごとに巻き込んじゃならんたい。今日の話は空也どん、あんたさんの胸に留めてくれんな」

と注意した。

空也は即座に首肯《しゅこう》した。すると治助が、

「こん伏見《ふしみ》の酒ば、桜井先生に持って帰りない」

と心遣いを見せてくれた。

三

肥後丸がおよそ一月ぶりに母港の八代に姿を見せた。そして、八代城を眺める沖合で帆を畳み、錨《いかり》を下ろした。

夜通し帆走してきたので、朝まだきの到着だ。八代の内海一帯に靄《もや》がかかり、それでも廻船問屋八代屋の見張りは肥後丸の到着を見落としてはいなかった。

赤間関の湊から主船頭の治助が連絡《つなぎ》を入れていたこともあって、八代屋は荷船の準備を済ませており、早速肥後丸の両舷《りょうげん》に取りついていった。

このたびの上方からの荷は、大半が人吉藩のものだ。ゆえに荷船は急流で名高い球磨川《くまがわ》を満ち潮と風を利用しつつ、遡上《そじょう》できるところまで遡上して、あとは人足たちが麻綱を引いて、ヨイショヨイショと掛け声をかけ合いながら、城下青井阿《あおいあ》蘇《そ》神社前の船着場まで引き揚げるのだ。

肥後丸でも荷下ろしの仕度をすでに終えていたので、停泊と同時に作業が始まった。その作業は一日じゅう続き、荷船は次々に肥後丸を離れて球磨川河口を目指し、競い合うように遡上していった。

治助は荷下ろし作業の途中から、肥後丸を見張る、

「眼」

があることを意識していた。

そのような行動をなす者は、薩摩の東郷示現流の高弟だった酒匂一派とその同調者しかおるまい。

治助は、人吉藩の荷を手際よく運ぶ水夫と荷揚げ人足の連携作業を淡々と見守りながら、気付かぬ振りをしていた。

上方と長崎から持ち込んだ荷を下ろし終えたのは、その日の夕暮れ前だった。

すると人吉藩の物産勘定方皆方常右衛門《みなかたつねえもん》ら三人が肥後丸に乗り込んできて、抜け荷を上方で捌いた金額と購入した品々との差額を受け取り、一緒に乗り込んできた八代屋番頭の岩蔵《いわぞう》へ船賃と手数料を支払った。

「まあまあの上がりかのう」

計算を終えて、抜け荷の儲《もう》けを確かめた皆方が、岩蔵に言った。

「福江藩の上がりを差し引いてのこの利です。皆方様、上々の首尾と違いますか」

岩蔵が答えるのへ、

「福江での唐船との取引にひと悶着《もんちゃく》あったと聞いたが、なにがあったとな」

　と皆方が質した。

「いつでん、唐人相手の商いになると一筋縄ではいかんもん。そいをどなたかがなんとか得心させせましたと」

　と治助が応じた。

　岩蔵は、抜け荷を上方に運ぶ前に治助が他船に言付《ことづ》けた書状を受け取り、およその経緯は承知していた。だが、人吉藩の皆方はなんのことか分からぬ顔で、

「だいが唐人を得心させせたとな」

　と治助に尋ねた。

「皆方様、こん話には触れんほうがよかろ。人吉の丸目先生しか知らん話たい」

「なに、タイ捨流の丸目先生と関わりの者が肥後丸に乗っとったとか」

「人吉藩に戻って訊いてくれませんな」

　と治助が願い、

「次の船出までどれだけ日にちがありますと」

　と岩蔵に尋ねた。

「治助どん、いささか忙しかたい。年の瀬で休みがとれんもん。次の仕事が待っ

とると」

　岩蔵が言った。

「福江島な」

「そげんこつたい。そんあと、長崎に船をやる仕事たい」

「番頭さん、肥後丸の船体をくさ、手入れせんとな。船底に貝殻がついて船足が落ちとるもん」

　と治助が願うと、

「船底手入れの人足を待たせとると。なんとか十日で仕上げてな、次の仕事に戻ってくれんね」

　と岩蔵が命じた。

「十日な、致し方なか」

　と承諾した治助が、

「皆方様、いつ人吉に帰られますと」

「植柳《うやなぎ》の仮屋を早朝に出て、佐敷《さしき》、一勝地《いっしょうち》と二晩泊まって帰城いたすが、なにかあるか」

　皆方が治助に訊いた。

「こん書状ば丸目先生に渡してくれませんな。殿様も承知のことたい、大事な文ですばい」

「なに、殿も承知の書状か。おいは丸目先生に渡せばよいのだな。たしかに預ったぞ、治助」

皆方は抜け荷を含めた交易の利益が上々のこともあって快諾した。


肥後丸が八代の造船場の一角に揚げられ船体の手入れが始まって三日目、舵方の有明丸が、治助の泊まる宿にやってきて、

「主船頭、水夫の吉松《よしまつ》が昨日の晩から宿に戻っておらんと」

と治助に告げた。

吉松は四十を過ぎた老練な水夫だが、酒好きでこれまでも度々失態を繰り返していた。独り者で肥後丸の船倉で暮らし、湊に着くと酒に溺《おぼ》れる日々だった。

「また焼酎ば飲み過ぎて、八代の安女郎《やすじょろう》んとこに潜り込んでおらんな」

「そいがくさ、様子がおかしかと」

有明丸が首を捻った。

「おかしかて、なにがな」

「宿にくさ、吉松の持ち物がなんもなかと」

うーむ、と応じた治助がしばし沈思し、

「ほかに変わったことはなかかな」

「船が八代に着いた夜、吉松がくさ、湊近くの飲み屋で飲んどったと」

「格別珍しかこつではなかろうが」

「そん夜遅かとき、吉松が薩摩訛りの侍ふたりと飲んどったげな。こん話は吉松の仲間に最前聞いたと」

有明丸の言葉に治助は嫌な予感を覚えた。有明丸も宍野六之丞と名乗る若者を案じたゆえ、治助に告げたのだろう。

「薩摩者な」

「あん高すっぽどん、薩摩と揉《も》め事ば起こしとるとやろ」

有明丸が治助に訊いた。

「まあ、そげんこつたい。吉松を探しきれんな」

「すでに朝から心当たりんとこは探したと。そしたら馴染みの食売女《めしもりおんな》に『船ば下りる』ち言うて、『儲け話が転がり込んできた』と喋《しゃべ》ったげな」

治助は、薩摩の東郷示現流の一派に金を摑まされた吉松が、空也のことを喋ったのではないかと考えた。となると早晩福江島に薩摩の連中が押しかけることになる。

「有明丸、おいは高すっぽどんば裏切ったことになるたい」

「主船頭、裏切ったたんは吉松たい」

「ばってん、手下の不始末は頭が責めを負わんといかんやろ」

と答えた治助は、

「有明丸、福江島に行く船がなかか、湊で訊いてくれんね。おいは文ば書いて、島の高すっぽどんに知らせる。後ほど肥後丸で落ち合おうたい」

と言って二人は宿を出るとその場で別れた。

半刻後、肥後丸に戻った治助は、八代屋の帳場で借りた筆と紙で、福江島の空也に宛てて吉松のしでかした不始末を認めると、

「早晩薩摩の面々が福江島に姿を見せるたい。そん前に、おいが言い残した言葉を思い出して、すぐに行動に移りない。肥後丸は十数日後には、あん島を訪ねるけん」

と約定を書き添えた。

治助が宛名を、

「福江島桜井道場気付　宍野六之丞様」

と書いているところへ、船問屋八代屋の番頭岩蔵が姿を見せた。

「番頭どん、八代から福江行きのいちばん早か船を知らんな」

と尋ねた。

「そりゃ、いちばん早かとは肥後丸たい」

「肥後丸は手入ればしとろうもん。ほかの船のことを尋ねとると」

治助が珍しく苛立《いらだ》ちを見せた。

「こん時節たい、船を見つけるのは難しか」

「ともかく探してくれんね」

そう治助が岩蔵に願った。


時が過ぎていった。

有明丸が船に戻ってきた。岩蔵はまだ船に残っていた。肥後丸の手入れの見積もりを調べていたのだ。

「おお、有明丸、福江行きの船はあったか」

治助の問いに有明丸が首を横に振り、

「主船頭、それどころじゃなか」

と険しい顔で言った。

「どげんしたとな」

「吉松の骸《むくろ》が球磨川河口に流れ着いたと」

「なんち言いなるな。酒喰らって溺れ死ぬような男じゃあるめいが」

「主船頭、肩口から深々と斬り割られとると」

「有明丸、おんし、吉松と確かめたか」

「知り合いの漁り舟に乗せてもろうてくさ、確かめたと。何年も同じ釜のめしを食うた仲たい、間違えようはなか。あん斬り口は薩摩者たい」

有明丸が断定するように言った。

「なんちゅうこつな。吉松の阿呆《あほ》たれは薩摩者に騙されたとな」

治助の言葉に番頭が、

「治助どん、滅多なことを言うたらいかんたい」

と注意し、

「肥後藩のお調べがあんたんとこに来るたい。どげんする気な」

と質した。治助は長いこと黙考し、そして言った。

「こん文に、こんことを付け加えんばなるめい」

「ばってん、文を乗せる船が見つからん」

治助と有明丸が言い合った。

「船のことは案じなるな。うちがたい、格別に福江島に行く船ば用意しようたい。それくらいの義理は人吉藩にはあろうもん。高すっぽどんに抜け荷ば助けられたとやろうが」

と番頭の岩蔵が言い切った。そして、その手配のために肥後丸をあとにした。

治助がいったん封じた文を披《ひら》き、新たな巻紙に吉松の死の経緯も付け加えた。

「主船頭、吉松がおらんごとなった理由《いわく》を役人にどげん説明するとな」

有明丸が質した。

「船を無断で下りたとしか答えられめい」

「それで得心するやろか」

「ほかに手があるな」

「なかな。ばってん、吉松が侍と飲み屋で飲んどった話はどげんするな」

「有明丸、わしらはそん話は一切知らんたい。肥後の役人が見つけ出してこようたい」

「高すっぽどんのことを訊かれたら、どげんするな」

有明丸の危惧《きぐ》はとめどもなかった。

「こいもわしらが知らんことたい。薩摩者に喋った吉松は斬られて死んだ。その薩摩者はちぢくれもうて薩摩に逃げ戻っとろうたい。知らぬ存ぜぬで押し通すしかなか」

と治助が言い切り、有明丸が頷いた。


人吉城下のタイ捨流丸目道場に、八代に行っていた物産勘定方から、差出人のない分厚い書状が届けられた。

丸目種三郎は、すぐに高すっぽこと坂崎空也からの文だと察した。分厚い封書を披くと、中からもう一通、渋谷重兼と眉月に宛てられた文が出てきた。

丸目種三郎は、まず麓館の渋谷重兼に飛脚便で送る準備をすると、常村又次郎《つねむらまたじろう》を奥座敷に呼んだ。

「最前の書状は高すっぽどんからでしたか」

「いかにも坂崎空也からであった。又次郎、この文を飛脚便にて菱刈郡の麓館に送ってくれぬか」

と命じた。

「先生、高すっぽどんはどこにおるとですか。先生に宛てられた文を読まれ、元気かどうかだけでも知りとうございます」

「又次郎、一刻も早くそちらの文を麓館に送るのだ。そのあと、仲間を集めてここに戻れ。文の内容はその折りに話そう」

空也がどこにいるのかは又次郎らにも教えずに済めばよいと、丸目は思っていた。ゆえに独り空也からの書状を読み、差し障りのないところを話し聞かせようと考えていた。

丸目種三郎はすでに、空也が東郷示現流の筆頭師範だった酒匂兵衛入道の門弟三人と、さらに兵衛入道の三男参兵衛と戦ったことを、八代に行った眉月からの書状を通して承知していた。だが、この戦いの経緯や空也が参兵衛との尋常勝負で怪我を負ったことなど、己の門弟には一切告げていなかった。

坂崎空也と東郷示現流の酒匂一派、あるいは薬丸新蔵と東郷示現流高弟一派の戦いは未だ継続中と思えたからだ。

丸目種三郎が福江島から届いた空也の文を何度か読み返し、内容を把握したとき、常村又次郎が、

「書状、麓館に早飛脚で送りましたぞ」

と報告に来た。その背後には弓削治平《ゆげじへい》、佐野村房之助《さのむらふさのすけ》ら丸目道場の若手連が従っていた。

廊下に居流れて座した中から又次郎が、

「高すっぽどんはどこにおるとですか」

と師に尋ねた。

「又次郎、そんことは言えん」

「われら、口外することはございませんぞ」

「いや、高すっぽと東郷示現流酒匂一派との戦いは、未だ続いておるのだ」

と言った丸目種三郎が、

「青井阿蘇神社で高すっぽが東郷示現流の者と戦うたことは承知じゃな」

と念押しした。その場に常村又次郎が立ち会っていたため、門弟の間に伝わるのは避けられなかった。

「その後、八代までの旅の道中、高すっぽは二度ほど薩摩の手の者に襲われておる」

又次郎が驚きの眼を向けた。だが、言葉にはしなかった。黙って師匠の説明を待っていた。

「ひとりは、酒匂兵衛入道どのの三男参兵衛どのであったそうな」

一同から驚きの声が洩れた。東郷示現流の筆頭師範酒匂兵衛入道と三人の倅たちは、この人吉藩でも名の知れた遣い手として、その場の全員が承知していた。

「勝負はどげんなりましたと」

弓削治平が尋ねた。

「高すっぽが寸毫の差で勝ちを得た」

「おおー」

というどよめきが起こった。

「だが、高すっぽも怪我を負うた」

「なんちゅうことな」

と洩らしたのは房之助だ。

「房之助、命に別状はなか。もはや元気にしておる」

師匠が言い、膝に置いていた空也からの書状を懐に入れた。

「坂崎空也、強し」

と思わず又次郎が言った。

「さすが、先の西の丸家基様の剣術指南にして、かつての老中田沼意次、意知父子と暗闘を繰り返してきた坂崎磐音様の跡継ぎな。そりゃ、強かはずたい」

房之助がようよう得心したという顔付きで言った。

「房之助、坂崎磐音どのの嫡子ゆえ強いのではない。空也自身が弛《たゆ》まぬ猛稽古に励み、常に生死の境に身を置いて武者修行を続けておる賜物ゆえ戦いにも勝ちを得ているのだ。分かるか」

「は、はい。分かります」

四

この数日、空也は稽古を続けながら胸騒ぎを感じていた。そこで道場主の桜井冨五郎に許しを得て、福江城下の南にある山に入り、火ノ岳、鬼岳を中心に海を眺めながら己の限界に挑む日帰りの山走りを試みることにした。

独りで無心に冬の山走りに挑み、ただ一日じゅう足を止めず、体を苛《いじ》めることに集中した。

空也にとってそれが武者修行の基であった。

なにも考えず、ただ足を運ぶ。足裏を下ろすたびに山道の状況を判断し、右、左と足を動かし続けて半日が過ぎた。

空也はいつしか標高千四百十五尺（四百二十九メートル）の翁頭山の頂きに辿り着いていた。だが、夕暮れ前の海を一瞬眺めただけで、福江城下へと戻る山道を一気に駆け下っていった。

むろん、道なき道だ。

枝に体を打たれながら武人の勘を頼りに草を掻き分けて谷川を下りると、遂に馴染みの山道に出た。

もはや宵闇《よいやみ》が訪れていた。

それでも福江城下に向かってひたすら最後の行程を走り切った。

桜井道場に戻り着いたのは六つ半（午後七時）過ぎだった。すると沖辰三が門前に佇《たたず》んでいて、

「おお、高すっぽどん、待つ人がおるたい」

と言った。

汗みどろの空也にはそれがだれか推測もつかなかった。

「すみません、井戸端で手足を洗うてきます」

「よか。そんお人は湊の船で待っとると」

と言った。

「肥後丸の治助主船頭ですか」

「違うな。おいの知らん船頭たい」

と首を傾《かし》げた。

(なにかが生じたか)

空也はこのところ感じていた胸騒ぎを思い出しながら稽古着を脱ぎ捨てた。褌《ふんどし》一つで水を浴びて、一日じゅう走り続けてかいた汗を洗い落としてさっぱりとした。すると辰三が、

「着替えを持ってきたばい」

と空也の荷から下着の替えと、桜井道場で借り受けている古びた浴衣《ゆかた》を持ってきてくれた。

「辰三どの、申し訳ございません」

「あげん汗ばかいて、どこへ行ったとな」

「教えられた火ノ岳から鬼岳、最後に翁頭山の頂きに登って城下への山道に出たのです」

「なんち言いなるな。見知らん山道をまさか一日じゅう走り回っちょったわけでもあるめいが」

「いえ、腰にぶら下げた竹筒の水を走りながら飲み、懐に入れた塩を舐《な》めて走り通しました。爽快な気分ですよ、辰三どの」

「高すっぽどんは鬼神な。呆れてものが言えんたい」

薄闇《うすやみ》の中で着替えをした空也はさっぱりとした顔付きで、

「先に師匠に挨拶して参ります」

と言った。

「いや、師匠は、まず湊に行って船の主に会えと申されたと」

「ならば湊に参ります」

空也は古浴衣の着流しの腰に修理亮盛光を差して道場を出た。すると辰三が従ってきた。

「どこから来た船ですか」

「八代と答えたばい。おいの知らん船頭たい。治助どんと違い、漁り舟かもしれんと」

と辰三が答えた。

「漁り舟ですか」

「そげん感じたい」

空也と辰三が湊に出てみると、確かに漁り舟と思《おぼ》しき舟が停まっていた。

空也にはまったく覚えのない舟だった。

「おーい、八代の衆、高すっぽどんが戻ってきたばい」

と辰三が大声を上げた。すると、おおー、という声がして、よく見ると胴《どう》の間《ま》の一角で、三人の男たちが焼酎を飲みながら夕餉を摂《と》っていた。その中の一人が立ち上がり、

「わしがくさ、廻船問屋八代屋の番頭岩蔵どんの頼みで福江に来たと」

と空也に話しかけた。

「それはご苦労にございました」

空也が礼を述べると、漁り舟の船頭が、

「こいがくさ、肥後丸の治助どんから預かった文ばい」

と懐から取り出した文を空也に差し出した。

「治助どのからの文ですか」

夕餉を摂っていた仲間が行灯《あんどん》の灯りを運んできた。

「急ぎの用ごたる。すぐに読んだほうがよか」

漁り舟の船頭と思しき男が空也に言った。

「そうさせてもらいます」

空也は魚の臭いが染みついた舟に移り、

（ようもこの大きさの舟で八代から福江島まで来られたものよ）

と感心しながら文を披き、行灯の灯りで治助の筆跡を辿った。二度ほど読み通した空也は事情を理解した。

「船頭どの、まことに得難い文を届けていただきまして、改めて礼を申します。なんぞ礼をしたいのですが、それがし、持ち合わせがございません」

と頭を下げた。

「礼はいらんと。福江島往来の金は、八代屋の番頭どんにたっぷり頂戴しとると」

と言った船頭が、

「おいは今晩一晩こん湊におると。なんぞ用事があればいつでん訪ねて来んね。どこでん、あんたさんを送り届けるけん。番頭どんに、なんでん高すっぽどんの頼みば聞けと命じられたと」

と言い添えた。

空也はしばし考え、

「まず道場に戻り、桜井先生に事情を伝えます」

と言い残して、辰三と一緒に湊から道場に戻ることにした。

「なにがあったと」

辰三が文の内容を案じた。

「うむ、どうやら薩摩が気付いたようです」

「なに、高すっぽどんが福江にいることをな」

「そういうことです」

「どげんするな。薩摩の衆をこん島で迎え撃つな」

「無用な戦いは避けるべきです」

「島を出るち言うとな」

「致し方ありません」

二人は桜井道場の前に着いていた。

「高すっぽどん、おいはおんしにこの福江におってほしか。ばってん、追われとるのは高すっぽどんたい。先生とひと晩話しない。明日会おう」

「船頭どの、ご迷惑は承知ながら、それがしを中通島の湊まで送ってはくれまいか」

「承知しましたと」

船頭は予測していたのか、あっさりと答えた。

「中通島の湊というたら奈良尾じゃの。師走は闇が濃かたい、ばってん、心配いらんと。闇夜でん、この泰助《たいすけ》は舟ば走らせられると」

漁り舟の船頭泰助が請《う》け合った。

空也は舟板を伝って漁り舟に上がり、舟板を積み込んだ。舫《もや》い綱が外され、棹《さお》と櫓《ろ》を使って福江島の船着場をひっそりと一艘《いっそう》の漁り舟が離れた。

南西からの微風を受けて、漁り舟はまず東を目指し、深夜の刻限、北へと向きを変えるという。

空也は、大小や道中嚢などの荷を外すと、艫《とも》近くに腰を下ろして、闇夜にも拘《かかわ》らず船を操る泰助ら三人の漁師たちの動きを見ていた。

船着場から離れて操船が落ち着いたか、

「高すっぽどん、気分はどげんな」

舵《かじ》を握る泰助が訊いた。

「上々です」

「あんたさんは薩摩に追われとるとな。そん若さでなにをやったと」

「なにもやっておりません。ただ、薩摩に入り、剣術修行をしただけです」

空也の言葉にしばし無言を通した泰助が、

「呆れたばい。薩摩に入って無事に出てきたち言いなるな」

「はい」

「そりゃ、薩摩にはたい、大事《おおごと》ばい。それにしても水夫の吉松どんを斬り殺してでん、高すっぽどんの行方ば知りたかとは、どげんこつな」

「さあ、それがしにも分かりません」

空也の返事に泰助が笑い出し、

「悪かことした覚えがないち言いなるな。奈良尾の治助どん、八代屋の番頭どん、福江藩の道場の先生と、高すっぽどんを手助けしよる。漁師風情《ふぜい》にはよう分からん話たいね」

と首を捻った。

「それがしにも分かりません。ただご一統に迷惑をかけていることに恐縮するばかりです」

と空也が答えた。

「そいだけ助けたかと思わせるなにかが高すっぽどんにあるとやろ」

と泰助が言い、

「高すっぽどん、治助どんの生まれ在所の奈良尾までにはだいぶ時を要するたい。胴の間に綿入れがあろうもん、それをひっ被《かぶ》って休みない。眼を覚ましたときには奈良尾の湊たい」

と言葉を継いだ。

そのとき空也は、偶然にも行き先が、肥後丸の主船頭奈良尾の治助の生まれ故郷かと思い当たった。

潮風に晒《さら》され続けた綿入れを体にかけた空也は、未明の山走りで始まった長い一日が海の上で終わったと思いながら眠りに落ちた。


翌朝、福江島の船着場に、丸に十《じゅ》の字の旗を掲げた薩摩の帆船が入ってきた。

薩摩の帆船が入るのは珍しかった。

島人が集まり、何事かと質した。すると薩摩訛りで、

「こん島に他国者《よそもん》の武芸者がおろう。どこにおるか」

と権柄尽《けんぺいず》くに質した。

「他国者の侍な。そげん者はひとりもおらんたい」

と集まった年寄りの島人が答えた。

宍野六之丞こと坂崎空也が桜井道場に滞在していたことは、昨夜のうちに福江藩の家中はもとより島人たちにも、箝口令《かんこうれい》が敷かれていた。福江藩内には隠れ切支丹もいて、藩内のことを外部から質されることには敏感だった。

ゆえにだれもが、

「知らぬ存ぜぬ」

を通すことに慣れてもいた。

「島の道場はどこにあるか」

薩摩藩の武士が質し、島人によって桜井道場の場所が告げられた。

羽織袴《はかま》の三人が樊噲流桜井道場を訪ねたとき、朝稽古の最中だった。だが、この朝は、いつもよりどこか長閑な調子の稽古が行われていることが、道場の外からも察せられた。

「こん道場にあん者がおったとな」

黒羽織の一人が首を傾げた。

「頼もう」

とも声をかけずにずかずかと三人の武士が道場に入っていった。

道場では小西三郎平が得意の軽業剣法を披露して、それを同輩たちが笑いながら見物していた。

「おはん方はだいな」

道場主の桜井冨五郎が声をかけた。

じろり
と桜井を睨み据えた黒羽織が、

「こん道場に宍野六之丞なる他国者の武芸者がおらぬか」

とここでも居丈高《いたけだか》に質した。

「こん道場は福江藩家中の門弟ばかりたい。他国者などなにをしに来られると言われるか。いや、その前におはん方、どなたでござるな」

と桜井が答えた上で、相手方に質した。

「われらのことはよい。こちらの問いに答えよ」

「ほう、これはまた武家方の作法も知らぬ言葉よのう。福江藩は小なりといえども徳川幕府下の大名家にござる。そなたら、公儀の大目付《おおめつけ》かな」

桜井が大名を監督する大目付の名を出して問い詰めた。

「いや、われらは公儀ではござらぬ」

「ならばどちらのご家中か」

桜井の舌鋒《ぜっぽう》が鋭くなった。

「薩摩藩長崎勤番の者にござってな」

「ほう、薩摩藩の長崎勤番な。三郎平、おんし、二月《ふたつき》ほど前まで長崎勤番であったな。この方々を承知か」

「さあてのう、師匠、長崎と言うてもそれなりに広うございましてな。福岡《ふくおか》藩やら佐賀《さが》藩の家中の者も大勢おられます。ただ、こん方々には見覚えがございませんな」

と三郎平が言った。

桜井が三人の薩摩藩の者に視線を戻した。

「おはん方、わが道場で稽古をしていかれますな。島の道場にござるゆえ、まあ、和気藹々《わきあいあい》と稽古をなすゆえ、薩摩の方々には手ぬるかろうが」

桜井のゆったりとした言葉遣いに苛立った一人が、

「他国者の武芸者はおらぬのだな」

日に焼けた泰助が念を押した。

「この湊でようございます」

「ならばくさ、おいどんはこん湊の沖合で仮眠してくさ、八代に帰るたい。言付けはあるね」

「まず八代屋の番頭どのに、それがしが礼を申していたとお伝えください」

「よか、承知したと」

泰助は、ほかになにかないかという表情で空也を見た。

「それから、肥後丸の主船頭、奈良尾の治助どのに会うようなことがあれば、約束の地で待っていると伝えてください」

そう願い、改めて礼を述べて奈良尾の浜に飛び下りた。

「高すっぽどん、ちょっと待ちない」

泰助が空也を呼び寄せた。

「こん島には隠れ切支丹がおらすたい。長崎代官所の宗門改めば警戒しとると聞いたことがあるたい。宗門改めに間違われても、隠れ切支丹の信徒に間違われても厄介《やっかい》たい。言葉には気を付けない」

泰助が注意した。

「ご配慮有難うござる。されどそれがし、一介の武者修行者です」

「と言うてん、こげん島にだいが武者修行に来るとな」

と言って、泰助がにたりと笑った。

空也は、泰助に信用されていないのかと思った。

その瞬間、舟が船着場を離れていった。

空也は福江よりはるかに小さな湊を見廻していたが、南国の植物が生い茂る湊の浜へとゆっくり上がっていった。

空也が次に目指す地は、奈良尾から四里ほど北に位置する有川《ありかわ》の湊だ。むろん泰助に頼めば有川の湊であろうと、治助と約定した野崎島であろうと送ってくれただろう。だが、薩摩の追っ手が治助配下の水夫から野首の浜で落ち合う約定を聞いていれば、下りる場所が約束の地に近ければ近いほど、空也が見つかる確率が高くなる。ゆえに空也は、奈良尾で下船したのだ。

(隠れ切支丹か)

注意すべきことがもう一つ増えた。

集落に入る手前で湊を振り返った。すると漁り舟は内海を離れて岬の陰に姿を消すところだった。

八代の漁り舟だ。そのことをこの土地の人に知られたくないがために、奈良尾を離れたところで舟を停めて、仮眠するのだろう。

空也は見えなくなった舟の船頭たちに向かって深々と一礼した。

頭を上げたときには漁り舟の姿は消えていた。

空也は湊近くでめし屋を探そうと思った。

そのとき、空也を見つめる「眼」を感じ取った。武者修行に出て、馴染みの感覚だった。そんな「眼」は、その土地、そのときで異なった。

こたびはどのような人物が空也に関心を寄せたか。

空也が目指す野崎島の野首は、奈良尾から直線にして十里余はあった。

治助が見せてくれた手描きの海図で空也は見当をつけていた。島の道を歩いて北上し、有川よりさらに島の北端に位置する津和崎《つわざき》湊から舟で野崎島に渡らなければならない。

ともかくこの中通島の東側か西側の道を選んで北上するだけだ。

まずは腹拵えだと、改めて辺りを見廻した。すると漁師たちが集まるめし屋と飲み屋を兼ねた店が一軒だけあった。朝の仕事を終えた四、五人の漁師が焼酎を飲んでいた。

「おはようございます」

空也が漁師たちに挨拶し、

「めしを食わせてもらえませんか」

と願った。

店の奥に島の人間とも思えない形《なり》の女子がいた。歳は二十五、六か。なかなか婀娜《あだ》っぽい女だった。そして、少し離れた席に尾羽《おは》打ち枯らした侍がいた。こちらは三十ほどどか。侍と女が連れなのかどうかも、分からなかった。

漁り舟を下りた空也に関心を寄せたのは、無表情に空也を眺める女か、それとも侍か、あるいは二人ともか。

「あんたさん、最前立ち寄った漁り舟で来たとな」

「はい」

「どこからな」

「福江の湊から送ってもらいました」

「長崎と違うとな。こげんところになんの用な」

めし屋の主《あるじ》と思しき男が一統を代表して空也に次々と詰問した。

「長崎ではありません。福江です」

と答えた空也は、

「奈良尾の治助どのと申される肥後丸の主船頭が、この島のことを教えてくださったのです」

「なに、あんたさん、治助どんの知り合いな」

「はい」

空也が返事すると、急にめし屋の雰囲気が和《なご》んだ。だが、店の奥の女子と侍は無表情のままだった。

「治助どんの知り合いならたい、なして早う言わんな。めしが食いたかとな」

主が応じて、空也は頷いた。

「その辺に座りない」

「あんたさん、なんばしにこん島に来たと。治助どんの家を訪ねてきたとな」

漁師の一人が空也に尋ねた。

治助の実家は未だこの島にあるのか。

「いえ、治助どのにこの島の話を聞いて武者修行に来たのです」

「はあー」

漁師たちが空也を驚きの眼差しで眺め、

「今時くさ、武者修行ばする侍がおるとな。こん島に剣道場はなかよ。福江ならあろうたい」

　と一人が空也に言った。

「それがし、宍野六之丞と申します。福江の桜井冨五郎先生の道場に世話になっておりました。福江島だけではなく、あちらこちら歩きたくて中通島に参ったのです」

「変わりもんたいね。こげん島で武者修行になるとやろか」

「武者修行は道場稽古ばかりとは限りません。体を鍛えられるならば、どこにいても修行ができます」

「ふーん」

　と漁師の一人が首を傾げて感心したとき、丼に山盛りの麦めしと魚の煮つけが運ばれてきた。

「主どの、めしのほかに握りめしを二つほど作ってもらえませんか」

「こげな麦めしたい。それでよかな」

　主が丼の麦めしを顎で指した。

「はい」

空也は腰から修理亮盛光を抜くと手造りの縁台に腰を下ろした。そして、箸《はし》を手にすると合掌し、丼の麦めしを食い始めた。

美味そうに食す空也を漁師たちが驚きの眼差しで見つめていた。

「お侍さん、どこから来なさったとな。あんたさんの国のことたい」

幾分警戒を解いためし屋の主が空也に尋ねた。

「父母は江戸におります」

空也は曖昧に答えた。

「なんち言いなるな。公方さんがおられる江戸から来なさったとな」

「つい最近までは、人吉城下のタイ捨流丸目種三郎先生の道場にお世話になっておりました」

「おお、それで治助どんと知り合うたとな」

「はい」

との空也の返事に、

「そん若さで江戸から西国に武者修行な。人吉藩はよかばってん、こん島に来た侍などおったか」

「おらんごたる」

と空也の返事に漁師たちが言い合った。

しばらく空也がめしを食う様子を眺めていた漁師のひとりが、

「お侍さん、隠れ切支丹の宗門改めじゃなかかね」

と質した。

「それがしが宗門改めかとお尋ねですか」

「おお、そう訊いたと」

「それがし、十八です。さような歳の宗門改めの役人がおられましょうか」

「十八な、そりゃ宗門改めは難しかろうな。それにくさ、そん形《なり》の役人はまずおるめい」

最前の漁師が合点した。

空也はめしを食い終えた。そして、漁師たちの問いと空也の返答を、奥のふたりの男女に聞かせているのではと思った。さりながら、長崎代官所の宗門改めが福江藩内の島に極秘で入ってくることがあるのかないのか、空也には見当もつかなかった。

「馳走になりました。めし代はいくらですか」

「治助どんの知り合いからめし代がとれるもんな」

と主がめし代は要らぬ、と言った。どうやら治助はこの奈良尾でかなりの影響力を持っているようだった。

「主どの、助かります。その代わり、なにか手伝うことはありませんか。薪割《まきわ》りでも掃除でもなんでもいたします」

「気持ちだけ貰おうたい」

と言った主が、

「これからどげんするとね」

と尋ねた。

「さて、なにも考えておりません。ゆっくりと島巡りをしながら考えます」

「呑気《のんき》な兄さんたいね」

と漁師のひとりが言い、

「治助どんの知り合いなら、実家を訪ねて挨拶せんね」

と主が勧めた。

「うっかりしていました。治助どのの実家はこの界隈《かいわい》ですか」

「ほれ、あん浜に猫が何匹も集まっとろうが、あの辺から山に一丁ほど入ったところに大きな家があるたい。治助どんの親父さんは奈良尾の網元たい。立派な門があるけん、すぐ見つけられよう」

「どなたが住んでおられるのですか」

「それも知らんとね」

「治助どのに、島で困ったら、おいの名を出せと福江城下で言われただけです。その折り、まさかこちらまで足を延ばすつもりはなかったもので」

「治助どんが出世してくさ、古か屋敷を立派に修繕したとたい。そこへ親父どんとお袋さんにくさ、妹とその婿どんの光次《こうじ》、甥《おい》、姪《めい》が一緒に住んどらすと」

「挨拶に参ります」

と言い残し、空也は浜伝いにぶらぶらと歩き出した。

空也が気にかけたのは、やはり店の奥にいた男女ふたりだ。どう考えても島人ではない風体《ふうてい》の男女に行き先を知られたくなかった。ゆえに、まず治助の実家を訪ねようと考えたのだ。

治助はまさか空也が自分の故郷の奈良尾に立ち寄るとは考えもしなかったのだろう。ゆえに実家のことは空也に告げなかったのだ。

空也は治助の実家を巻き込みたくなかったが、まずはあの男女の正体が知れるまで、この地に留まるかどうか考える時が要ると思った。

漁り舟が何艘か上げられた浜では猫たちがくつろいだり、仲間同士で遊んだりしていた。その辺りから小高い山に向かって石畳が延びていた。

その石畳に曲がる前にめし屋を振り返ると、漁師たちが空也の行動を眺めていた。

空也が会釈をすると、

「その道を曲がれ」

というふうに身振り手振りで教えてくれた。

空也は再び会釈して、石畳に入った。どうやら石畳も近年に敷かれたらしく島の道では異彩を放っていた。石畳を伝っていくと湊を見下ろす高台に石造りの塀に囲まれた立派な屋敷があった。

この家が治助の実家だろう。

しばし空也は門前で迷った。治助に断りもなく、厚かましくも訪ねてよいのか。だが、めし屋で交わした会話から空也が治助の実家を訪ねないのは、島人にもあの男女ふたりにも不審を抱かせると思った。

「どなたさんな」

門内から声がかかった。

声の主は、治助となんとなく面影が重なる女衆だった。だが、大小と木刀を手にしてふらりと現れた空也への警戒も感じられた。

「肥後丸の主船頭、奈良尾の治助どのの実家はこちらですか」

「いかにもそげんたい。あんたさんはどなたさんな」

「八代から福江城下まで肥後丸に乗せてもらいました。西国を武者修行で廻っている者です。船では高すっぽと皆さんに呼ばれておりました」

「なに、兄さんの知り合いな」

空也は、治助が人吉藩や福江藩と関わりが深いことを考え、丸目道場の住み込み門弟であったことも告げた。

「なにしに奈良尾に来なさったと」

女は警戒の表情を解いて空也に訊いた。

「福江から漁り舟に乗せてもらい、偶《たま》さか着いたところが奈良尾の湊でした。治助どのの実家があることは、湊近くのめし屋で教えられたのです。それでご挨拶に寄らせてもらいました」

と空也は述べると、

「この次、治助どのにお目にかかったとき、こちらを訪れたことを話します」

そう言い添え、辞去しようとした。

「待ちない、どこに行きなさると」

「島巡りをいたします」

「うちは治助の妹のかなたい。ただ今、男衆《おとこし》は山に入っておりますと。よかったら、夕暮れ前にもう一度ここに戻ってこんですな。父《とと》さんや亭主にあんたさんを紹介せんば、うちが叱《しか》られようたい」

かなが言った。

「お邪魔ではありませんか」

「兄さんの知り合いならたい、うちの知り合いたい」

と応じたかなが、空也に初めて笑顔を向けた。

「分かりました。治助どののご両親に挨拶しに戻って参ります」

空也は、かなに一礼し、

「この界隈を散策します」

と言い残して門前を離れた。

一刻後、空也は中通島の南端にある砥石山《といしやま》七百六十九尺（二百三十三メートル）

の頂きにいて、福江島を望遠していた。

蒼い海と空、それに島々の緑が織りなす光景を空也はただ時を忘れて眺めていた。時の経過とともに海や紅葉の色が微妙に変化し、潮の流れが帯状に変わる光景は見飽きることがなかった。

空也は道中嚢と羽織を脱いで腰の大小を抜き、頂きの岩に置いて、木刀を手に野太刀流の「続け打ち」の稽古を始めた。

むろん山の頂きだ、タテギなどあろうはずもない。だが、渾身の力を込め、虚空に向かって、

「朝に三千、夕べに八千」

の続け打ちを繰り返した。

空也の木刀が虚空を裂くたびに、
びゅんびゅん
という音が砥石山に響いた。

いつしか日が西の海に傾き始め、空也は稽古をやめた。

その瞬間、これまで幾たびも経験してきた、

「監視の眼」

を感じ取った。

だが、空也の態度が変わるわけではなかった。手拭いで顔の汗を拭《ぬぐ》い、羽織を着て道中嚢を背負い、修理亮盛光と脇差を腰に差すと、山道を駆け下りた。

二

奈良尾の郷近くまで下ってきたとき、待つ人がいた。

湊のめし屋の奥にいた婀娜っぽい女だった。編笠を被り、小脇に三味線《しやみせん》を抱えていた。

「なんぞ御用かな」

空也は女から五間の距離を置いて足を止め、尋ねた。

女はしばらく無言で空也を見ていた。

「用なくば、そこを通らせていただきます」

歩み出そうとする空也の機先を制して、

「おまえさん、何者だえ」

と蓮《はす》っ葉《ぱ》な問いを発した。西国訛りではなく東国、それも江戸の言葉遣いと思われた。

「そなた、めし屋でそれがしの話を聞いていたであろう」

「こんな島に武者修行者が来るものか」

女の言葉を聞きながら、空也は背後に人の気配があるのを感じ取った。めし屋で離れた席に座っていたので会話を交わす様子もなかったが、やはり女と侍は、

「仲間」

と考えられた。

空也は背後の侍に気付かぬふりをして、女を見つめた。

「武者修行は場所を問いません。どのような土地にも参ります」

「この島がどんな所か承知で到来したのかえ」

「成り行きです」

と答えた空也が、

「それがしの行動を問われるより、そなた方のほうがよほど訝しいとは思われませんか」

「あら、女が島にいちゃいけないかね」

「江戸のお方とお見受けしました」

「おまえさんも江戸生まれかえ」

「いえ」

「名はなんだえ」

「宍野六之丞」

「めし屋ではそう名乗っていたが、偽名だね」

「それがしの偽名うんぬんよりも、まずはそなたの正体を明かしたらいかがです」

「十八にしては図太いね。武者修行は長いのかえ」

「福江城下の樊噲流桜井冨五郎先生の道場にお世話になり、その前は、人吉城下タイ捨流丸目種三郎先生の住み込み門弟をしておりました。ただ今は気分を変えて島巡りです」

「島巡りね」

女が空也の言葉を繰り返し、訝しむ表情を見せた。

「それがしは名乗りました。そなたの名はなんですね」

女が間をおいて、

「しま」

と答えた。

空也が微笑んで、

「しまさんですか。いささか工夫がございませんね。もしや姓は五島と申されるとか」

「五島しま、悪くはないね。頂戴するわ」

平然とした顔で女が言った。

「長崎から宗門改めに参られましたか。それとも抜け荷の取り締まりですか」

「若い割にはあれこれ承知だね」

「小さな島ゆえ、二つとも格別秘密というわけではありますまい。すぐに耳に入ってきます。そなたらも島を巡っていれば承知のはず。それとも長崎辺りからどちらかの調べに入られましたか」

女の右手が背の帯に何気なく回された。

「図星ですか。長崎代官所支配下、宗門改めか、抜け荷改めですか」

空也の背後からいきなり殺気が襲いかかってきた。

その瞬間、空也は反動もつけずに横飛びして、手にしていた木刀で、抜き身を振り翳《かざ》した侍の胴を叩いて転がしていた。

視線をしまに戻すと、南蛮渡来と思える連発短筒を手にして、空也を見ていた。

そう言ったしまに対し、空也が話柄を変えた。

「しまさん、闇夜《やみよ》で会いたくはありませんね」

「お互いさまさ」

と答えたしまに、

「いつまで地べたに座り込んでいるんだよ。行くよ」

と促された侍が空也を睨み、

「手加減した。この次は必ず斬り捨てる」

と声を尖らせた。

「米倉の旦那、負け惜しみなんぞ、みっともないよ」

冷たく言い放ったしまはさっさと湊のほうへと歩いていき、米倉が慌ててあとを追った。

空也はふたりが視界から消えるまで待ち、治助の実家を訪ねるべきかどうか考えた。実家に迷惑をかけたくなかったからだ。だが同時に、治助の妹に再訪を約定したのだから、挨拶だけはしていくべきだと思い直した空也は、しまと米倉が姿を消した道を辿っていった。

「おお、見えましたと」

かなが門前に待ち受けていて、門内に向かって言った。

「かなどの、父御《ててご》や亭主どのはお帰りですか」

「はい、帰っとりますと」

と言ったかなが、

「つい最前、島ん人間じゃなか女衆と侍が、うちを睨み据えて通り過ぎましたと。知り合いですか」

と空也に訊いた。

「それがしを隠れ切支丹か、抜り荷一味と疑うたようです」

「えっ、どげんしたことで」

と応じるかなに、

「かな、客人ば、はよ家に上げんか」

と怒鳴る声がした。

治助とかなの父親であろうか。

かなに案内されて戸口に立った空也を、治助の父親治兵衛《じへえ》とかなの亭主の光次が迎えた。

と言いながら、かなが座敷に引き返していった。

空也は脱衣場にあった浴衣に着替え、大小や道中嚢、道中着を持参して廊下を進むと、

「こっちたい」

という声が空也を座敷に招いた。

「気持ちのよい湯にございました」

と礼を述べた空也は、治助の父の治兵衛に、

「坂崎空也にございます」

と改めて名乗った。

「坂崎さんね。湊のめし屋で名乗った名とは違うたい」

治兵衛は空也を非難する口調ではなく質した。

狭い島だ、話が伝わるのは一瞬の間なのだろう。

「妙な女と侍がおったせいな」

「それもございます。それがし、示現流の刺客《しかく》に追われる身ゆえ、用心のために偽名を、薩摩で知り合うたお方の名を借りて名乗りました」

「うちではくさ、本名を名乗られたな」

「はい。治助どのには親身の世話をしていただきました。それがしの本名もすでに知っておられます。その実家で偽名を名乗るわけにはまいりません」

空也の言葉に頷いたかなの亭主の光次が、

「空也どんは酒は飲まれるな」

と訊いた。

「いえ、酒は未だ嗜《たしな》みません」

「ならばすぐに夕餉の膳を用意しますたい」

かながそう言うと、台所に下がった。

治兵衛と光次が焼酎を飲み始めた。光次は一口飲んだあと、

「義兄《あに》とはどげんして知り合われたとですか」

と問うた。

「いささか話が長くなります」

と前置きした空也は、人吉城下のタイ捨流丸目種三郎道場の門弟であったことから、八代に出て、廻船問屋の口利きで治助の肥後丸に行き先も知らずに乗船した話、さらには福江城下で桜井畐五郎道場に寄宿していたことなどをかいつまん

で述べた。

「十八で武者修行な」

治兵衛が質した。

「武者修行に出たのは十六の歳でした」

「なんち言いなるな。十六で武者修行ば始めたと」

「薩摩剣法を修行したくて薩摩に入りました」

「薩摩に入ったとさらっと言いなるが、半端な話ではなかろうが」

「はい。ゆえに今も薩摩の東郷示現流一派に追われる身です」

空也が話したのは差し障りのない程度の話だった。それでも、

「呆れた。こりゃ、大事たい」

治兵衛が驚きの顔で言った。

かなが膳を運んできて、

「兄さんの仕事は承知な」

と話柄を変えた。

「表向きは人吉藩と関わりがある帆船肥後丸の主船頭です」

「裏の仕事も承知と言いなるな」

と訊いたのは光次だ。

「八代から福江までの船賃代わりに、唐人一派との交易に同行しました」

「治助があんたさんを抜け荷に連れて行ったちな」

治兵衛が驚きの顔で空也を見た。

「西国の大名ならば、異国との抜け荷交易は大なり小なりやっておられましょう」

「あんたさん、抜け荷交易も武者修行のうちな」

と尋ねたのは光次だ。

「剣術の稽古だけが武者修行ではございません。世間を見ることも修行のひとつかと存じます」

「治助が気を許すわけたい。こん十八は並みの十八じゃなかごたる。薩摩の東郷示現流に追われちょると言いなるが、平然としたもんたい」

と治兵衛が空也に応じ、

「あんたさん、すでに東郷示現流と真剣勝負をしたと違うな」

「舅どん、坂崎空也どんが追われている曰くは、真剣勝負をしたからやろが」

治兵衛と光次が空也を見た。

空也は黙したまま頷いた。そして、

「夕餉を馳走になります」

とかなに願い、箸を両手で持つと感謝の気持ちを表す合掌をした。

「空也どん、あんたさん、最前妙な女と男に会うたな。あん人たちは空也どんになにを質したと」

「それがしを隠れ切支丹か、抜け荷一味と疑うているようでした」

「あん侍が脇腹を押さえてよろよろ歩いとったが、どげんしたとやろか」

「背後から斬りかかってきたので、木刀で軽く」

「叩いたと」

「はい」

「呆れたと」

肴《な》の煮魚を箸でほぐす空也にかなが答えると、自問するように言った。

「あん人たち、長崎者じゃろが」

「長崎代官所の役人が福江藩領内に入り込むことがあるのですか」

空也の問いに三人が曖昧に頷き、

「隠れ切支丹があんふたりの狙いやろ。抜け荷じゃなか。抜け荷ならば、あんたさんが言うごと、西国大名は大なり小なり関わっておるたい。代官所も見て見ぬふりたいね。ばってん、隠れ切支丹には厳しかもん」

と治兵衛が言った。

空也だけがめしを三杯食して夕餉を終えたとき、

「あんたさんがよければ、こんうちに好きなだけいない。そんうち、治助も顔を見せようたい」

と治兵衛が言った。

「有難うございます」

と答えた空也だが、それもこれも薩摩の東郷示現流一派の動き次第と心の中で思った。また追っ手がこの島に現れる日がそう遠くないからこそ、治助との約束の地はだれにも明かしてはならぬと心に誓った。

三

その夜、空也は自ら望んで戸口脇の小部屋に寝かせてもらった。

あの男女二人が島に残っている以上、なにが起こるか分からないので、戸口近くに寝床を設えてもらい、万が一、事が起こったときに対処したいと理由を述べ

た。すると治兵衛が、

「治助の知り合いの客人に玄関脇に寝てもらうとな」

と困惑げな表情を見せた。

空也は重ねて願い、文を書きたいからと、筆記具を借り受けた。

眠りに就いたのが四つ(午後十時)前の刻限、目覚めたのは八つ(午前二時)の頃合いだ。二刻ほど熟睡して空也は体力を回復していた。

有明行灯《ありあけあんどん》の灯りでこの屋敷の主、網元の治兵衛に宛てて短い書き置きを認め、旅仕度をなした。

「治兵衛様
お身内ご一統様
お世話になりました。この家に迷惑がかかってもなりません。一夜の宿に感謝申し上げます。島巡りをしながら武者修行に努めます。
万が一、薩摩の連中がこの屋敷を訪ねてきた折りは、名も知らぬ武者修行の者は夕餉を食して立ち去ったと言い通してくだされ。
まことに有難うございました。
坂崎空也」

という文を残して、静かに治兵衛の屋敷を辞去した。

空也は昨日の山歩きのときに砥石山の頂きから島を眺めたため、島の北部に位置する有川の内海へと続くであろう二本の道を確かめていた。空也は東側の道を選び、夜明け前にひたひたと歩いていく。

空也の歩きは一見ゆったりしているようで足の運びが大きい。ゆえにそれなりの速さを保っての歩行だ。半刻の間に一里半から二里の歩みでひたすら有川の内海への道を辿った。

治兵衛の屋敷を出た際、しまなる偽名で答えた女と米倉と呼ばれる侍が治兵衛の屋敷を見張っているのではないかと気配を探ったが、その様子はなかった。

歩き始めて一刻半、空也は海沿いの緩やかな峠道に差しかかっていた。

そのとき、東の海が白んできた。

空也の頭には治助が肥後丸の船上で見せてくれた、島々の道が認めてある手描きの海図が刻み込まれていた。あと半刻もすれば、有川の内海にぶつかるはずだ。

空也は有川の湊に立ち寄るつもりはない。日中はどこかで休み、日が落ちてからさらに北へと向かう魚目《うおのめ》路《じ》を辿るつもりだ。

有川付近の島人に、空也はその姿を見られたくなかった。治助と落ち合う約束をした野崎島の野首の浜に向かうことを知られるのはどうしても避けねばならない。そこで有川の内海から北西に、「城山《しろやま》」なる標高七百尺余（二百十五メートル）の小高い山があることを思い出し、その山に入り込んだ。

城山と名付けられたくらいだ、かつて山城があったのだろうと空也は推測した。有川の内海を眺め下ろす頂きの下に杣小屋《そまごや》があるのを見つけた。杣小屋は長く使われていないように思えた。三畳間の半分が板敷きで、空也は修理亮盛光と脇差を抜き、道中嚢を外しただけで、旅仕度の草鞋を履いたまま、板の間にごろりと横になって眠りに就いた。

そんな刻限、奈良尾の治兵衛の屋敷では、かなが玄関脇の小部屋に空也の気配がないことに気付いた。声をかけて障子戸を開けると夜具がきちんと畳まれ、その上に書き置きがあるのを見つけて、父親に届けた。

「なんち言いなるな。あの御仁、出て行かれたとな」

治兵衛が寂しげな表情で呟き、書き置きを二度繰り返し読むと、その文を火にくべて燃やした。

「お父っつぁん。空也どんは島を出られたとやろか」

かなが治兵衛に訊いた。

しばし間を置いた治兵衛が首を横に振り、

「島は未だ出ておらすめい。人里離れた山ん奥で修行ば続けておるのと違うやろか」

と答えた。

治兵衛は、なんとなく空也が倅の治助と落ち合う約束ができているのではないかと思い、その行き先にも見当がついた。

「かな、あの若い衆はわずか二刻ほど眠って、深夜のうちに出て行きなさったとたい」

「お父っつぁん、もう戻ってこんとね」

「戻ってこん。あん若い衆は薩摩に追われとるたい。一晩としてゆっくり眠ったことはあるめい」

治兵衛が娘に言ったとき、浜に出ていた光次が戻ってきて、

「舅どん、湊に薩摩の船が停まっとるたい。丸に十の字の旗印なばってん、薩摩の船に間違いなか。空也どんば起こさんでよかな」

と険しい顔で報告した。

「婿どん、あの若い衆、薩摩の動きなどお見通したい。もはや何里も離れた島のどこぞに潜んでおられるたい」

空也がすでに屋敷を出たことを治兵衛は光次に告げた。

「なんな、空也どんは薩摩が来ることを承知やったとやろか」

「薩摩に追われとる人間だけがたい、その気配を感じ取ったとやろ。おいたちは坂崎空也の名も知らぬ。ただ武者修行の若者を一晩泊めただけたい。分かったな」

治兵衛が光次に言い聞かせた。

しばし舅の言葉を吟味していた光次が頷き、

「分かったと。あん連中、湊付近を聞き込んでくさ、そんうち、うちに姿を見せようたい」

と言うのへ、

「婿どん、奈良尾は福江藩領たい。いくら薩摩でも好き勝手にはさせん。島ん衆にその旨を伝えておきない」

と命じると、

「おおー」

と応じた光次が飛び出していった。

それから半刻後、治兵衛の屋敷に小者を伴った三人の武家方が姿を見せた。

「この屋敷に旅の武芸者が泊まったと聞き及んだ。たしかか」

問い質す武家は薩摩弁を使わず、江戸勤番時代に覚えたと思しき言葉遣いで質した。柄《つか》が長い薩摩拵《こしら》えの刀を差した武士だ、いくら出自を隠しても見え見えだった。

「へえ、たしかでございます」

三人の武家方の顔に緊張が走った。

治兵衛はしばし三人の表情を眺め、

「今朝方早く、わしらになにも告げんと出て行かれましたと」

「なに、出て行ったとな。いつのことだ」

「未明のことやろ」

「隠しておらぬな」

「どげんして一夜の宿を貸した旅人を隠す要があるな」

と応じた治兵衛が、

「ところであんたさん方、福江の侍じゃなかごたる。どこの御仁な」

と反対に質した。

「さようなことはどうでもよいことだ」

「いえ、なりませんと。奈良尾は福江の殿様の領地たい。それを長崎辺りの侍がなにしに来なさったとな」

薩摩者と知りつつ、治兵衛はそう問うた。

「仇のある者を追うておるだけだ。家探しをいたす」

三人の頭分と思える武士が治兵衛に言った。

「福江の殿さんの許しものうて、うちを家探しするるち言いなるな。もし、その方がおらんとき、あんたさん方、どげんして詫びばするとな」

「なに、つべこべぬかすと怪我をすることになるぞ」

「やれるもんならやりなっせえ」

治兵衛が薩摩の侍に言い放った。

頭分が配下の二人と小者に顎で合図をした。

二人の薩摩者が柄に手をかけた。

そのとき、戸口の背後に人の気配がして、小者が振り向いて驚きの声を上げた。

奈良尾沖に現れる鮫《さめ》を突く銛《もり》を構えた漁師が十人ほどいた。さらに薩摩者に応対する治兵衛の背後の板戸が左右に開かれると、光次を中心に五人が銛を構えて立っていた。

「これでん、家探しばなさるち言いなるな」

薩摩藩の東郷示現流酒匂一派の面々と思える三人のうちの頭分が、銛に囲まれた状況を確かめ、

「うなっ」

と薩摩弁で罵《のの》り声を上げた。

「お侍どん、あんたさん方の船がどこの船か、分からんと思うたな、素性は知れとるたい。あんたさん方次第ではたい、火つけて燃やすこともできるとよ」

光次が言い切り、治兵衛が、

「あん若者《にせ》どん、うちにはおじゃはんど」

と長崎で習い覚えた薩摩弁で言い放った。

「まこっのこっか」

「まこっのこっじゃ」

頭分が配下に合図をして、刀の柄から手を放させた。そして、無言で網元の治兵衛方を出ていった。

そのようなことが奈良尾であったとはつゆ知らず、空也は夕暮れ前まで杣小屋で熟睡した。

「はて、飛び道具にはどう対処したものか」

空也は自分の持ち物を考えた。

しまと名乗った女とは、ふたたびどこかで出会うだろう。その折り、間合い次第では空也のこれまでの剣術の技では対抗できないやもしれぬ。

修理亮盛光の小柄《こづか》を抜いてみた。

刀には、髪の乱れを直すなど身だしなみを整える笄《こうがい》か、小刀として用いられる小柄が鯉口辺りに設けられていた。だが、笄にしろ小柄にしろ、打刀拵《うちがたなこしら》えの装飾品として芸術性が追求されており、飛び道具として役に立つとは思えなかった。

(小柄では堺筒に抗《あらが》うことはできぬな。なにか工夫をせねばなるまい)

空也は己の持ち物の中で役立つものがないことを認識した。

空也の記憶では、魚目路は北に向かって、槍の穂先が突き出すように細く延びていた。中通島の北端まで四里はあったかと覚えていた。

空也の足なら一晩もかけずに辿り着くはずだ。

空腹を感じたとき、昨日湊のめし屋で握りめしを二個作ってもらって持っていたことをふと思い出した。だが、思いがけず治兵衛の家で夕餉を馳走になり、握りめしが残っていたのだ。

空也は道中嚢から竹皮包みの握りめしを一つ出し、ゆっくりと咀嚼《そしやく》した。残り一つは万が一の場合にとっておくことにした。

「よし」

と自らに気合いを入れた空也は、城山を下り、魚目路を北へと歩き出した。薩摩や肥後の山道に比べて歩きやすく、海沿いの道はひたすら坦々と北へ延びていた。

空也は今が師走であることを承知していた。だが、何日かは分からなかった。

上弦《じようげん》の月明かりを頼りにひたすら歩いた。

夜半過ぎ、魚目路が浜沿いに出た場所で空也はひと休みして、野太刀流の続け打ちの稽古をすることにした。

二刻近く、ひたすら木刀を振り続けた。

続け打ちをやめた空也は砂浜で拳《こぶし》より小ぶりの石を二つ拾い、懐に入れた。堺筒に抗える飛び道具とはなりえないが、堺筒との間合いを詰めるために利用できないかと考えたのだ。

魚目路をあとどれほど辿ればいいのか、分からなかった。

だが、島人と出会う前にこの島の最北端津和崎鼻に到着したいと考えた空也は、ふたたび歩き出した。

途中、岩清水が流れる音が聞こえ、その水で空也は喉《のど》の渇きを癒した。これで元気を取り戻した。

そして、日の出と競うように最後の行程を歩き通した。

その道中から馴染みの人に見張られる、

「眼」

を意識した。

空也をこの地で見張るとしたら、しまと名乗った女と米倉某《なにがし》の二人だろう。

未だ薩摩の面々は、空也がどこにいるのか、承知していまいと考えていた。

津和崎が魚目路の最後の集落だった。

岬を見てみたいと思った空也は、集落から延びる山道を津和崎鼻と思える岬に登った。

東の海から日が昇ってきた。

津和崎鼻に上がると、対岸の島を隔てる二、三丁の幅の瀬戸が眼下に見えた。

ということは瀬戸の向こうの島が野崎島ではないか。つまり平戸藩の飛び地であり、その西に浮かぶのが小値賀島ということになる。

空也は津和崎鼻と思える島の北端で休むことにした。

その近辺では漁師が網を修理するのか、使われなくなった古網が落ちていた。だが、師走のこの時節、津和崎鼻に来る漁師も島人もいなかった。

空也はその場に腰を下ろし、小柄を使って古網を切り分けた。そして、先ほど浜で拾ってきた小石を古網で包んだ。

古網で幾重にも包んだ小石が二つできた。

さらに空也は、残った古網を小柄で細く裂いて三つ編みにし、古網の紐を造った。長さは三尺とない。

両手で両端を握って引っ張ったが、なかなかの強度だ。

こんどは三つ編みの紐を、小石を包んだ古網に結び付けた。紐のもう一端も二つ目の小石に結んだ。二尺二、三寸の紐の両端に小石を結わえ付けた、

「飛び道具」

が完成した。

「さて、これが役に立つかどうか」

立ち上がった空也は、その飛び道具を懐に仕舞った。そして西の海に向かって懐に手を差し入れると、小石の一つを掴んで一気に引き出し、

ぐるぐる

と回転させてみた。

堺筒に対抗できる飛び道具とはとても思えなかった。

(これは不意打ちにして使うしかあるまい)

懐では不意打ちにならない。かといって首にかけてみたが、相手から丸見えだ。

使い方を考え、稽古をする時がいると思った。

師走の日は三竿《さんかん》にあった。

首にかけた小石の一つを引き、その動きを止めずに虚空に投げてみた。小石二つが円弧を描きながら飛んでいく。だが、古網の紐が首に擦れて痛かった。

空也は飽きることなく、小石と古網でできた飛び道具の使い方を試した。首にかけた場合の紐の抜き方や飛ばし方など、あれこれと工夫してみた。

途中、残ったもう一つの握りめしを食い、仮眠をとった。そして、目覚めるとまた首にかけた飛び道具の飛ばし方を新たに工夫し続けた。

古網で編んだ紐が空也の首筋に馴染んだか、引いて飛ばすコツを摑んだ。

いつしか夕焼けが西空を染めていた。

半日をこの岬で過ごしたことになる。正面の島に渡るにはどうすればよいか、なにか考えねばなるまいと思った。

もはや岬を下りたほうがよさそうだ。

空也は急いで身仕度を整えると飛び道具を首にかけ、道中羽織の下に隠し、そんな姿で最前通り過ぎた津和崎の集落に下りた。

すると沖合にこの界隈の舟よりも一回り大きな漁り舟が停まっているのが見えた。

明け方に通り過ぎたときには見なかった船影だ。

薩摩の東郷示現流の酒匂一派が空也を見つけるにしては、早過ぎると思った。となると、しまと米倉の一味か。

津和崎の集落は五島列島の中でも格段に小さな漁村だったが、落陽で黄金色に染まった海と空は素晴らしく美しかった。

空也は足を止めて、夕映えの空と海と浜を眺めていた。

「あら、また会ったわね」

声がして、しまと名乗った女が姿を見せた。

「あの沖合の漁り舟はしまさんを乗せてきたものでしたか」

空也が壮麗な自然の美しさの中にぽつんとある人間の創造物の舟を見た。

「そういうこと」

と応じたしまが、

「あなた、薩摩に追われているのね」

と言い出した。

どこか空也に心を許した口調だった。

「なぜそのことを知ったのです」

「長い話になるわよ。私の宿、といってもただの漁師家だけど、行かない」

しまが空也を誘った。

四

津和崎の集落にある漁師家が客のために一部屋を貸しているという。そんな漁師家の板の間に夕餉の膳が二つ用意されていた。

しまは空也をその膳の一つに座らせ、自分ももう一つの膳の前に座った。

「しまさん、米倉どのの膳ではございませんか」

空也が訊くとしまが、

「あの旦那ね、馘《くび》にしたいくらいだわ」

と暗に米倉の膳ではないとあっさり言い放った。

「お腹《なか》が空いているんでしょ。酒は嗜《たしな》まないようだし、どうぞ食べなさい。私は少しばかり焼酎を貰うわ」

漁師家のおかみさんを呼んで、空也には海鮮汁を、自分には焼酎を頼んだ。

「それがし、そなたから馳走になる謂《いわ》れはありませんが」

「あとで頼み事をするつもり。受けるも断るもあなた次第。夕餉を馳走したからって、断るのを遠慮することもないのよ」

師走の時節だ、漁師家にはほかに客がいるふうもない。

海鮮汁が運ばれてくると空也は、その誘惑に逆らえなかった。考えてみれば、この二日、二つの握りめしと水だけで過ごしてきたのだ。

「頂戴します」

空也が箸を取り、海鮮汁を啜り出したのを見たしまは、手酌で焼酎を飲み始めた。南国の五島列島とはいえ、季節が季節だ。囲炉裏《いろり》の火がちろちろと燃えて心地よかった。

「あなた、薩摩の東郷示現流の高弟一派を敵に回しているそうね。その若さでどういう経緯でそうなったの」

しまはなぜ空也が追われていることを知っているのかはわからないが、そう質してきた。

「もとを正せば武者修行のために薩摩に入国したのが発端です。ある方に命を救われ、野太刀流の稽古を積みました。しまさんは東郷示現流と野太刀流が同根の薩摩剣法とご存じですか」

空也の問いに、しまが頷いた。

「野太刀流の若き剣術家に薬丸新蔵どのと申される方がおられます」

「もしや、江戸を騒がせている人物ではないと」

「その方です。薩摩藩の具足開きの折り、藩主島津齊宣様と薩摩の家臣団を前に、新蔵どのとふたりで打ち合いを披露いたしました。そのことが東郷示現流の筆頭師範酒匂兵衛入道様方の怒りを買うたのです。そのようなわけで、新蔵どのもそれがしも東郷示現流の高弟方に追われる身となりました」

「呆れた」

しまが焼酎を入れた茶碗を口元で止めて空也を見た。

「薩摩の門外不出の御家流儀を虚仮《こけ》にすれば、こうなると分からなかったの」

「新蔵どのは最初東郷示現流との立ち合いを所望しました。されど門外不出の流儀は、具足開きの場で野太刀流相手に稽古はできぬと断られたのです。それで新蔵どのはそれがしを指名しました。ゆえに付き合うただけです」

「そんな言い訳が通ると思って」

しまがまた茶碗の焼酎を啜り、空也は海鮮汁を掻き込んだ。

なんとも美味で、満足の笑みが空也の顔に自然と浮かんだ。

しまが、じいっと空也の食いっぷりを見ていた。

「しまさんはなぜそれがしに関心を持たれるのです。もはや隠れ切支丹でも抜け荷一味でもないことは承知でしょう」

むろん空也は、福江で唐人との抜け荷取引に同行したことは告げなかった。

「あなたが武者修行中の武芸者というのは信じるわ」

「ならばこちらの勝手にさせてください」

「それがそうもいかなくなってね」

「なぜです」

「あなたの腕を知ったからよ。助けてくれれば武者修行の路銀くらいは出すわ」

「それがしの剣術修行はお金目当てではありません」

「でしょうね。奈良尾からまともに食べる物も食べずに、独り稽古をなす若武者がこの世にいるなんて、到底信じられないわ」

「しまさんでしたか。どこか遠くから見張られているような気がしていました。それにしてもよく遠目が利きますね」

「海上から遠眼鏡という手があるわ」

「そうか、そのような手がありましたか。さすがは長崎代官所の女密偵どのですね」

「なぜ、私を長崎代官所の女密偵と決めつけるの」

「違いますか」

空也の問いにしまは否とも是とも答えなかった。

「あなたは私にいささか借りがあるわ」

「借りですか。堺筒なる短筒を突き付けられて脅《おど》されただけですよ」

「うちの用心棒のひとりを痛めつけたわ」

「斬りかかってきたのは米倉どのです」

まあね、と平然とした顔でそのことを認めた。

しばし焼酎を舐めていたしまが、

「あなたが奈良尾の治兵衛さんの屋敷を夜中に抜け出たあと、数刻後にその屋敷に薩摩者の一派が押しかけてきたのを承知してるの」

と尋ねた。

「いえ、存じません」

と答えながら空也は、治兵衛一家に迷惑をかけてしまったことを悔いた。

「案じなくてもいいのよ。島の人間も大なり小なり抜け荷に関わっている男たちだから、薩摩の芋侍一派なんかに容易く屈したりしないわ」

と言ったしまが経緯を語ってくれた。

「驚きました」

と洩らした空也は、安堵も感じていた。

「そのあと、私が薩摩の連中に虚言を弄して、奈良尾からはるかかなたの男女《だんじょ》群島に遠ざけておいてあげたの。その貸しよ。当面薩摩があなたに纏《まと》わりつく心配はないわ」

しまが言い切った。

「その代わり、しまさんの手助けをせよと申されますか」

「そういうこと。どう、この取引」

「一方的な取引に思えます」

「あなたの行き先がどこなのか、なんとなく見当がつくの」

空也は黙って海鮮汁を菜にめしを食し始めた。

「平戸藩領の野崎島」

しまがぽつんと言った。

空也が顔を上げてしまを見た。

「当たったようね」

その言葉に空也は黙したままだった。

「私もいささか曰くがあって野崎島に行くの」

「沖合の舟がしまさんの関わりの舟ならば、なぜ奈良尾などに立ち寄らず野崎島に行かれなかったのですか」

「仲間を乗せたあの舟と奈良尾で待ち合わせていたの。その折り、あなたと会ったの」

「なぜそれがしに敵意を抱かれました」

「まず得体が知れなかった。だって、江戸育ちと思える若者が西国の離れ島になにをしに来るの。訝しく思っても不思議ではないわ。今じゃ、薩摩から逃げているということが分かったから得心したけど」

「しまさんは野崎島になにをしに行かれるのですか」

「その話を聞くと、あとに引けなくなるわよ」

「ならば聞きません。しまさんの目的がなんであろうと、沖合の舟の仲間となさることとです」

「そこよ」

　しまが語調を強めた。

「米倉の旦那もそうだったけど、あまりあてにならない奴《やつ》らよ。あなたが砥石山の頂きで稽古をしているのを見たの。その刹那《せつな》、あなたの力を借りようと考えたってわけ」

「しまさんの考えは分かりましたが、それがしが付き合う謂れはありません」

「あなた、野崎島に渡る舟だって決まってないでしょ」

「それはそうですが」

「薩摩の芋侍たちを追っ払ってやった恩義もあるわ。手伝いなさいよ」

しまが空也を正視した。

奈良尾のめし屋で会ったしまは婀娜っぽい女に見えた。だが、蓮っ葉な物言いも正体を隠す策ではないかと空也は思い直していた。

しまは焼酎を飲むのをやめて夕餉を食し始めた。

「しまさん、そなた何者です。そして、野崎島になにをしに行くのです。それがし、隠れ切支丹の征伐などご免です」

「あなた、切支丹なの」

箸を止めたしまがいきなり尋ねた。

「それがし、紀州の高野山中、内八葉外八葉の中にある雑賀衆《さいかしゅう》の隠れ里で生まれました。なんなら南無大師遍照金剛《なむだいしへんじょうこんごう》と経文を唱《とな》えましょうか」

「えっ、江戸生まれではないの」

「江戸にそれがしが足を踏み入れたのは三つの折りです」

空也の言葉に、しまは沈思した。

「それがしのことより、しまさん、そなたの正体と、島での狙いを話してくださ い」

「得心すれば手伝ってくれる」

「むろん得心すれば、貸しがあると言われるゆえ手伝います」

「私の正体はあなたが言う長崎代官所ではなく、長崎会所《かいしょ》と所縁《ゆかり》があるの」

長崎会所は、徳川幕府から唯一公式に異国交易を許された長崎で、長崎奉行のもと、異国交易を取り仕切る機関である。だが、空也はその呼び名すら知らなかった。

「長崎会所ですか、存じません」

「長崎は幕府の直轄地で、代官所や奉行所が諸々を取り締まる。だけど、異国交易を実際に取り仕切るのは町衆なの。町年寄《まちどしより》と呼ばれる会所調役《しらべやく》、町乙名、吟味役、請払役《うけはらいやく》、筆者、通詞など諸々役目があるの、町年寄ともなると十万石の大名より内所は豊かなのよ」

しまがまったく知識のない空也に手短に説明した。

「ということは、しまさんは長崎会所の密偵ですか」

「どうとでも考えてもらっていいわ。長崎を知らない人に分かるように説明する

たの。むろん久留米藩では城中様の死は秘匿《ひとく》された。だけど、その後も佐賀藩、長崎代官所、対馬藩などの家臣や役人ら都合六人の命が次々に絶たれる大騒ぎに発展したわ。このたった一年のうちによ。その被害に遭《あ》った武士のだれもが一廉《ひとかど》の剣術の技量の持ち主だったの。そのひとりは私の知り合いだった」

空也は思いがけない話に思わず身を乗り出して聞いていた。野崎島をしまが訪ねる「曰く」とは、知り合いの死を指すのだろう。

「奉行所では、医師のもとへ運び込まれた亡骸《なきがら》の斬り傷が、刀ではなく異人の使うサーベル剣ではないかと推論したの。そこで当然阿蘭陀商館にも問い合わせを入れたわ」

「まさか、新しく赴任した神父どのが剣を振るっていたなんてことはありませんよね」

「高すっぽさん、まずそもそも出島は異人の出入りには厳しいの。それを搔い潜って長崎の町に出るなんて無理なのよ」

「となると神父どのではない」

「だけど、高すっぽさん。奉行所が阿蘭陀商館に厳しい問い合わせを入れて以降、この騒ぎはいったんやんだのよ」

空也はしまが話し出すのを待った。

「そう、長崎の町で六人の腕利きをサーベル剣で刎ね斬ったのは、プロシャ人の神父と称していたマイヤー・ラインハルトだったのよ」

「どうして判明したのですか」

しまが答えるまで一拍の間があった、

「阿蘭陀商館でも極秘の調べをしていたのね。偶然にも、阿蘭陀商館内の教会の中でサーベル剣を使うラインハルト神父を、阿蘭陀商館の目付方が見て、声をかけたそうよ。この話は阿蘭陀商館長から長崎会所の通詞をとおして、町奉行に伝えられたの」

「商館の目付方は異人ですね」

「むろん阿蘭陀人よ。この目付方も欧羅巴《ヨーロッパ》剣術の名手だったそうよ。この阿蘭陀人の目付方の喉を斬り裂いたラインハルトは、どこをどう抜けたか、出島を抜け出し、長崎から姿を消したの」

空也が想像だにしなかった話だった。

「ラインハルトが長崎から姿を消して二月、あらゆる探索の末に、唐船に乗り込んで、上海《シャンハイ》に逃げたという話が唐人の間で噂されていると聞き込んだの。その線を追っていくと、どうやらラインハルトは、長崎からさほど遠くない五島の島の一つである、隠れ切支丹の住む野崎島の野首というところに潜んでいることが分かったの」

「で、長崎奉行所が動いたのですか」

「高すっぽさん、ラインハルトに家臣を斬り殺された大名諸家は、どこもが不名誉ということで奉行所に届けを出していないわ。そこで私のような女子が、野崎島に潜んでいるのがマイヤー・ラインハルトかどうかを確かめる役目を負わされた」

「しまさんには堺筒の飛び道具がございますからね」

空也の言葉にしまが笑い出した。

「高すっぽさんだから正直に言うわ。私、短筒なんて実際に撃ったことがないのよ。引き金を引いたら、本当に弾《たま》が飛び出すのかどうかさえ知らないの」

「さあ、その言葉を信じてよいかどうか」

しまが空也を睨んだ。

「野崎島に乗り込む私の頼りは、薩摩の東郷示現流が必死に追いかける高すっぽさんだけなのよ。手伝ってくれるわね」

空也はしまの言葉を信じてよいかどうか判断に迷った。

「しまさん、野崎島へは明日乗り込まれるのですね」

「行ってくれるわね」

空也の問いにしまが念押しした。

空也はしばし考えて頷いた。

マイヤー・ラインハルトなる神父剣術家に会えば、しまの話が真実かどうかの判断がつこう。動く動かぬはその折り、考えればよいことだ。

「ならば明朝七つ（午前四時）、この浜から漁り舟を沖合の船に寄せるわ。少しでも体を休めておいたほうがいいわ」

しまは部屋の隅に夜具を敷き延べ始めた。

「しまさん、それがし、最前の囲炉裏端で休ませていただきます」

空也は刀など荷を纏めて部屋を出た。

「なにも取って食おうなんて言わないのに」

しまの言葉にはがっかりした様子が感じられた。

囲炉裏端で空也はごろりと横になった。その数瞬あとには眠りに落ちていた。

第五章　異人の剣技

一

　この日、神保小路の直心影流尚武館道場では朝稽古を終えたあと、師走の大掃除をなした。むろん、住み込み門弟や若手の通い門弟衆だけの恒例の行事だ。その長《おさ》は長年住み込み門弟を続けてきた神原辰之助だ。

「おお、神原師範代、張り切っておられる」

「そりゃ、そうじゃ。来春には道場の長屋の主から丹波《たんば》園部《そのべ》藩小《こ》出《いで》信濃守《しなののかみ》様の用人川原田《かわはらだ》様のご息女と所帯《しょたい》を持たれるのだぞ」

「川原田家の禄高はいくらだ」

「二百十石と聞いた。このご時世、悪い話ではあるまい」

などと入門したての門弟がひそひそ話をしていた。だれもが武家の次男、三男坊だ。部屋住みの身にとっては関心の深い話だった。

そんな仲間たちが知らない話があった。

神原辰之助は寄合神原主計《よりあいかんばらかずえ》の嫡男であり、禄高三千二百石の跡継ぎだった。そんな辰之助が十歳の折り、異母兄の成繁《なりしげ》がいることを知り、辰之助は初めて成繁と会うことになった。

成繁の母親は元神原家の奥女中だった薗子《そのこ》だ。辰之助の実母弥生《やよい》とも姉と妹のような間柄であったという。とはいえ、奥女中の子を神原家の嫡子にするのは、

「妾《めかけ》の子など神原家の跡継ぎにできぬ」

という神原一族の長老の頑迷な反対もあり、薗子は成繁とともに実家に戻されていた。その三年後に辰之助が誕生していた。そして歳月が過ぎ、薗子が身罷《みまか》り、長老もすでに亡くなっていた。

主計と弥生が話し合い、改めて神原家に成繁を迎えることにしたのだ。

当時から辰之助は尚武館道場の剣術稽古に夢中で、

「父上、母上、私の異母兄がいるのであれば神原家の跡継ぎは異母兄で構いませぬ。私は直心影流尚武館道場にて剣術修行に専念できます」

との考えを述べて、家督を継ぐことをあっさりと異母兄に譲っていた。

そんな経緯を承知なのは坂崎磐音ひとりだけだった。


「嫁になる女子の顔はどうだ」

「与之助《よのすけ》が園部藩の上屋敷まで覗《のぞ》きに行ったそうだ。川原田家は代々江戸定府《じょうふ》の家柄、上屋敷住まいでな。歳は二十三らしいのじゃがなかなかの美形、いや、それよりも人柄が宜《よろ》しい女子と屋敷内でも評判だそうな」

「ふーん、だいぶ歳が離れておられるが、師範代にとって悪い話ではあるまい。二、三年後に舅どのが隠居なされれば、辰之助どのが二百十石の当主だ。羨《うらや》ましいぞ」

若手連が掃除の手を休めて言い合う背後に当の辰之助が立ち、はたきの柄で尻を叩いて廻り、

「なにが羨ましいのだ、美樹五郎《みきごろう》」

と睨んだ。

「いえ、その、正月が来るのが羨ましいと申しただけでございます」

「盆と正月はだれにも等しく来るものだ。そなたら、掃除もせずに無駄話か。ど

うやら力があり余っておるようだな。掃除が終わったら、木刀で稽古をつけてやる」

「そ、それはご勘弁願います。近頃の神原師範代の稽古は一段と厳しゅうございます」

佐竹《さたけ》美樹五郎が応じて、急ぎ掃除に戻っていった。

一方、辰之助が川原田家の婿に入ることになった経緯はこうだ。

川原田家の当主重持《しげもち》は尚武館佐々木道場以来の門弟だったが、十年ばかり前から稽古に通っていなかった。それが神保小路に道場が再興されて三年前よりふたたび稽古に通い始め、このところ急激に成長した辰之助の技量と人柄を認め、

「わが娘の婿に」

と磐音に願ったことが発端であった。

武者修行に出た空也の「死亡」騒ぎの中で、辰之助と美祢《みね》との話は密やかに進行し、空也が生きていたという知らせが尚武館道場に告げられたあと、辰之助の川原田家への婿入りが磐音の口から門弟に告げられたのだ。

辰之助にとって師走を神保小路で過ごすのは今年で最後となる。とはいえ、園部藩の江戸藩邸は、神保小路を西に三丁ばかり行った雉子橋《きじばし》の外にあったから、

尚武館とは指呼《しこ》の間《かん》だ。

磐音は速水左近《はやみさこん》と見所の前で話しながら、大掃除の目処《めど》がつくのを待っていた。

「磐音先生、道場の式台前に品川柳次郎《しながわりゅうじろう》様がお見えです」

中川英次郎《なかがわえいじろう》が告げに来た。

「なに、品川さんが。おひとりか」

「はい」

と答えた英次郎が、

「本日は黒紋付の羽織袴姿にございます」

と付け加えた。

品川柳次郎と武左衛門は、かつて磐音の用心棒仲間だった。柳次郎は御家人の次男、武左衛門は伊勢《いせ》国津《つ》藩の家臣を自称していたが、現在ではさる大名家下屋敷の中間奉公だ。

七十俵五人扶持《ぶち》、御目見《おめみえ》以下の品川柳次郎は、内職の品を納めに行った帰りに神保小路に立ち寄ることがあった。その折りの形《なり》は、御家人か浪人者か、はたまた町人か判断がつかないことがあった。刀を差さず着流しのときもあった。

英次郎がわざわざ「黒紋付の羽織袴姿」と告げたのは、そのせいだ。

「磐音先生、もはやこちらは目処がつきました。どうか母屋にお引き上げくださされ」

辰之助が磐音に言った。

「そういたそう」

磐音と速水左近は広々とした尚武館の神棚に拝礼すると、道場の玄関に向かった。すると確かにいつもとは違った形の品川柳次郎が立っていた。

「どうなされた、品川さん」

「師走の挨拶にございます」

と答えた柳次郎の顔が紅潮しているのを磐音は認めた。

「母屋に参りましょうか」

磐音と速水左近は履物を履いて柳次郎とともに母屋に向かった。泉水のある石庭に差しかかったとき、磐音が問いを発した。

「品川さん、なんぞございましたか」

「いえ、さしたることはありません」

「長年の友ではありませんか。正直に申されよ」

柳次郎がちらりと速水左近を見た。

速水左近は尚武館の先代道場主佐々木玲圓の剣友であり、もはや幕府の要職を辞していたが、将軍家斉の後見方を務めていることは広く知られていた。

「品川どの、それがしがいては差し障りがござるかな」

速水左近と柳次郎では身分違いだが、間に磐音が入れば昵懇《じっこん》の間柄だ。

「いえ、さようなことは」

と柳次郎が言い、思い切ったように、

「それがし、本日御用部屋への突然のお呼び出しにて、百俵十人扶持、小普請方《こぶしんかた》改役《あらためやく》を命じられました」

品川家は長年無役の小普請組であったが、改役となると役職だ。

寛永《かんえい》七年（一六三〇）に設けられた役職は、御目見以上、焼火間《たきびのま》縁頰詰《えんがわづめ》だ。ただ今の無役御目見以下とはえらい違いだ。

「品川さん、おめでとうござる。長年の辛抱が実りましたな」

足を止めた磐音が柳次郎の顔を見て労《ねぎら》った。そのうえで、

「速水様を気になされたのは、口添えがあったかどうか懸念されたのですか」

「正直申して、ちらりとさようなことを考えました。されど多忙な速水様が無役の御家人のことなど案ぜられる暇などございますまい」

「品川さん、速水様がお動きになれば、十年も前に然《しか》るべき役職に就いておられましょう。されど、あなたはさようなことは望まれなかった」

磐音の言葉に柳次郎が恥ずかしそうに頷いた。

「貧乏御家人の痩《や》せ我慢にござる」

「いえ、見る人は見ておられたのです」

と言った磐音が、

「こたびの出世で北割下水《きたわりげすい》を出ていかれますか」

と尋ねると、

「小普請方改役は、小普請方小屋に居住するそうです。長年住み慣れた北割下水を離れることを母が嫌がりましょう」

と柳次郎がいささか困ったという顔で言った。

二人の会話を聞いていた速水左近が、

「品川どの。母御が北割下水の屋敷に住み続けたいと申されるならば、それがしの口利きで住まいはそのままというのはどうじゃな。この程度の差し出口ならば、品川どのもお断りになるまい。どうかな、磐音どの」

と最後は磐音に話を振った。

「御目見以上になられたのは品川柳次郎どのの力を見込んでのこと。住まいの一件は、幾代《いくよ》様がそうお望みならば、速水様に願われてはいかがですか」

しばし沈黙した柳次郎が深々と速水左近に頭を下げた。

道場から、

「終わったぞ」

という声が響き、大掃除のあと、恒例の宴の仕度に変わったようだ。

磐音ら三人が母屋に行くと、庭に面した座敷に両替商今津屋《いまづや》の老分《ろうぶん》番頭由蔵《よしぞう》がいた。

「いよいよ押し詰まってまいりましたな、由蔵どの」

「はい、今年も残り少なくなりました」

と由蔵が答え、

「ひょっとしたら、空也様から文などが届いていないものかと、神保小路まで参りましたが、残念ながら空也様からの文は届いていないとのおこんさんの返事でした」

と言い添えた。そこへおこんが姿を見せた。

なにやら顔が綻《ほころ》んで見えた。

「いかがした、おこん」

「空也からはありませんが、おまえ様に薩摩の渋谷重兼様から書状が届いております」

と仏間から一通の分厚い書状を出してきた。

この場にある者がすべて、渋谷重兼が何者か承知していた。

「なかなか分厚い書状ではないか、おこん」

磐音の問いにおこんが、

「眉月様の文も入っているのではございませぬか」

と言った。

「そのお方のもとから空也様は離れられたのでございましょう」

と由蔵が言い、

「披いてみよう」

と呟いた磐音は渋谷重兼が差出人の書状の封を披いて、

「ご一統様、失礼いたします」

と断り、黙読を始めた。読み進む磐音の顔が険しくなった。

おこんが磐音に代わって即答した。

そのとき、渋谷重兼の書状を最後まで読み終えた磐音が、

「経緯が分かりました」

と一同を見た。

庭から沓脱石《くつぬぎいし》に上がった睦月が、庭に残ろうとした英次郎の手を強く握り返し、

「英次郎様、いらっしゃい。一緒に兄上の話を聞きましょう」

と誘った。

英次郎が磐音とおこんを見て、

「宜しいのでしょうか」

という表情を見せるのへ、

「英次郎さん、こちらへ」

とおこんが座敷に英次郎を誘った。

英次郎は緊張と嬉《うれ》しさが入り混じった顔で廊下に座した。

「薩摩の麓館の渋谷眉月様は、祖父渋谷重兼様からの文使いで、人吉城下のタイ捨流丸目道場にいる空也を訪ねられたのだ。その文は、東郷示現流が新たな刺客を空也に差し向けたことを知らせるものであった。ところがすでに人吉には東郷

示現流の追っ手の影があり、眉月様が丸目道場を訪れる前に、空也は人吉城下を離れていた。その夜、空也が青井阿蘇神社に暇を告げた折りも、薩摩の追っ手が立ち塞がったそうだ」

「なんということが」

由蔵が思わず洩らした。

そして、道場主の丸目種三郎から空也の行き先を知らされた眉月と供侍の二人が、急流で名高い球磨川を舟で下り、怪我を負った空也と八代で再会したことなど、書状の内容をかいつまんで磐音は一統に告げた。

「おそらく、眉月様の文には、もっと詳しく書かれておろう。おこん、そなたが読んでみよ」

と磐音に命じられたおこんが眉月の文を披いた。するとそのかたわらに身を寄せた睦月が文を覗き込んだ。

「薩摩藩も藩主の島津齊宣様も、東郷示現流の酒匂一派の仇討ちめいた勝負を禁じておられる。じゃが、酒匂一派は聞く耳を持たぬようじゃな」

と速水左近が呟き、

「空也どのはただ今肥後の八代におるのか」

と磐音に質した。するとおこんが、

「いえ、眉月様と供の方に別れを告げ、帆船に乗っていずことも知れず旅立ったそうです。行き先は眉月様もご存じないとか」

と言うのへ、

「東郷示現流の高弟一派との無益な戦いを避けるためであろう」

と磐音が答えた。

そのとき、おこんが、

「あっ」

と驚きとも喜びともつかぬ声を洩らし、文を膝に置いて手で瞼《まぶた》を隠した。

すると睦月が、

「兄上ったら、なんなの。『母上、空也は元気に生きており申す。明日も明後日も、そして来年も生きて剣の道に勤《いそ》しんでおり申す。母上、それがしには生きておらねばならぬ大事なお人が一人増え申した』って。おそらく眉月様の願いで書き添えただけよ。母上はたったこれだけの内容で涙を流されたのですか。呆れた」

と洩らし、英次郎が、

「空也様は異国にでも参られたのであろうか」

と呟いた。

だが、だれも答えられなかった。

二

福江藩と接する平戸藩領の野崎島は、西に位置する小値賀島と対面するように在った。

野崎島には、飛鳥《あすか》時代の慶雲《きょううん》元年（七〇四）に小値賀島にある地《ち》ノ神島《こうじま》神社と向き合うかたちで沖《おき》ノ神島《こうじま》神社が創建された。そのときから人が訪れるようになったという。

南北に長く、島の周りはおよそ五里とはあるまい。

空也は、朝焼けの島の美しさに見惚《みと》れていた。

福江島をはじめ、五島列島の大小の島々を見てきたが、これほど荘厳で美しい島を見たことはなかった。

「まるで異国のようね」

空也のかたわらから、しまが囁《ささや》いた。

しまも野崎島を船でぐるりと回って見たことがないのだろう。

「この島に人が住んでおられるのですか」

「長崎で聞いた話だと、数戸の隠れ切支丹が住んでいるそうよ」

「人の気配がありませんね」

砂浜に鹿らしい生き物がいるのをちらりと見たが、人影はまったく見えなかった。

島の傾斜面に石垣が組まれて棚田のようになっていた。だが、耕作するのは米ではあるまいと、空也は思った。

奈良尾からやってきた漁り舟には、しまが「膾にしたいくらいだ」と言った米倉のほかに五人の剣術家が乗っていた。

津和崎の漁師に願って沖合まで小舟で送ってもらい、しまが空也を連れて漁り舟に乗り込んだとき、

「なんだ、しま、そやつを連れて参ったか。われらを信頼しておらぬのか。ならば手を引くぞ!」

米倉からいきなり怒声が飛んだ。だが、しまは米倉に、

「手を引きたければどうぞ。私たちが乗ってきた小舟に乗せてもらい、津和崎の湊に引き上げることね」

と言い放った。

そんな問答を残りの剣術家たちは黙って聞いていた。

「いいこと、言っておくわ。七人の力を合わせないと異人剣士のマイヤー・ラインハルトは斃せない」

しまの発言は明白だった。

「そなた、異人を斃した者に五十両を渡すと言ったな。七人でやるとなると、報酬はどうなる」

「働きに応じて私が考えるから、心配しなくていいわ」

としまが答えた。

空也が加わったことで、米倉ら六人のまとまりが微妙に崩れてしまった。だが、しまがそのことを気にしているふうはなかった。

漁り舟が津和崎の沖合から小値賀島と野崎島の瀬戸へ向かって進んでいくと、空也らの関心は、野崎島の美しさに移っていった。報奨金をあてに生きてきた剣術家をも野崎島は魅了していた。

漁り舟は野崎島の西海岸の中ほど、野首に差しかかっていた。

「しまさん、そなたが申すプロシャ人の神父剣士は、たしかにこの島にいるのですね」

「海からは見えないけれど、野首には切支丹の教会があるはずよ。隠れ切支丹の集落もその界隈にある。ということはラインハルト神父もあの美しい緑の森のどこかにいて、私たちの行動を見ているに違いないわ」

空也は未だ見たこともない異人の教会がどんなものか考えた。だが、頭の中で建物のかたちは浮かばなかった。

「隠れ切支丹がラインハルト神父を守っていると思うわ」

「教会を見分けるにはどうすればよいのですか」

「建物のどこかに、クルスと切支丹が呼ぶ十字架が隠されて付けられているはずよ」

しまは未だ空也らに話してもいない情報を摑んでいるのか、そう言い切った。

空也はもしマイヤー・ラインハルト神父を守る者がいるとしたら、島人の隠れ切支丹ではなく、この野崎島そのものだと思った。

漁り舟はゆっくりと野崎島の北端ハヅノ鼻を回っていく。

海から眺める島の光景は、時に優しく、時に険しく、刻々とその様相を変化させていった。

だが、どこにも人影は見えなかった。

細長い島の中央部に標高千九尺（三百六メートル）余の二半岳《にはんだけ》が聳《そび》えていた。そして、その山裾《やますそ》に見事な段々畑が見えた。やはり隠れ切支丹の島人が暮らしているのだ。

「この界隈の島では、野崎島は格別に『祈りの島』と呼ばれているの」

「言い得て妙です。『祈りの島』とはぴったりですね」

しまが空也を見た。

「十八と言ったわね」

「正月がくれば十九になります」

「言い得て妙なんて、年寄りが使いそうな言葉だわ。高すっぽさんは、一体だれと暮らしてきたの」

「武者修行に出る前は、父と母に妹、それに大勢の門弟衆と暮らしていました。そんな門弟衆の中には、西国生まれや諸国を放浪してきた老練な剣術家もおられました。それがしにとって門弟衆も皆、師匠です」

らなにゆえ逃げ込んだのですか」

「ああ、そのこと」

としまが応じて、

「五島列島にある野崎島と小値賀島が、福江藩ではなく平戸藩の飛び地であることは知っているわね。だけど、さらに北に位置する宇久島は福江藩領で、なんとも複雑な五島列島に安永元年（一七七二）、大村藩に願って福江藩では移住を認めたの。この大村藩から五島列島に移り住んだ者を『居着百姓《いつきひやくしよう》』と呼ぶのだけど、この中には隠れ切支丹が潜んでいたの。さらに今年になって大村藩の外海《そとめ》から隠れ切支丹を五島列島に呼んだわ。大村藩は幕府直轄領の長崎に近く、隠れ切支丹の摘発が厳しい。五島列島の大半を支配する福江藩は島民が少なく人手が足りない。双方の暗黙の了解のもとで移住が進み、平戸藩領の野崎島と小値賀島にも隠れ切支丹がひっそりと暮らすようになったの」

しまの説明は空也の問いに答えていなかった。空也が福江藩のことを知らないと見て、まずその背景から説明することにしたのだろう。

「神父剣士のラインハルトがなぜこの野崎島に辿り着いたか、それが知りたいのよね」

「さようです」

「出島から出ることができないはずのラインハルト神父が、なぜか大村藩外海で密かに布教をしていたという噂があるの。プロシャ人と名乗っていただけかもしれない。というのも、切支丹といっても、宗派がいくつかに分かれているわ。外海にキリスト教を伝えたのは南蛮人のカソリコの宣教師。ところがプロシャはルター派と呼ばれるプロテスタントが国の信仰で、カソリコとは同じ切支丹でも違うもの。ラインハルト神父が本当にプロシャ人なら、カソリコと異なる宗派を布教するはずなので、外海での活動は不自然なのよ」

しまの説明は空也にとって初めて聞く話だった。

「マイヤー・ラインハルトも本名かどうかは分からない。ともあれ、ラインハルト神父は外海の信徒が五島に移ったことを承知していたし、唐船でこの島に向かった形跡があるの」

「しまさん、カソリコであれ、プロテスタントであれ、神父というのは和国では神社の禰宜《ねぎ》のようなお方でしょう。それがなぜ長崎の町で辻斬《つじぎ》りめいた所業を働くようになったのですか」

空也は話柄を変えた。その問いにしまはしばし無言を通した。

後ろから来る米倉らは、半丁もあとに従っている気配があった。

「推量でしかないわ」

「聞かせてください」

マイヤー・ラインハルトと剣を交える際に、空也は相手の行動の是非を知って戦いたかったのだ。

「私の考えでは、外海の隠れ切支丹が長崎代官所の宗門改めに捕まってふたりほど命を落とした。そのひとりがラインハルト神父の信徒だったそうよ。ゆえに仇討ちと思い、侍を襲ったのではないかしら。異人にとって黒羽織に袴姿、腰に大小を差した侍はどれも同じに見えるんじゃない」

「しまさんは、ラインハルト神父は、剣術の腕前を誇る相手を選んで斬りかかったようなことを言いませんでしたか」

空也は矛盾したしまの言葉を質した。

「あらかじめ相手の力量が分かっていたのか、偶さか辻斬りを仕掛けた相手が強かったのかは分からない。というのも久留米藩にしろ佐賀藩にしろ、長崎勤番になる者はそれなりの力量の持ち主から選ばれるの。そんなわけで、偶然にもそれなりに強い相手ばかりに出会ったということはあるわ」

しまの返答だった。

「最後に一つ」

と空也が言ったとき、後ろから、

「おーい、少し待て、足を挫《くじ》いた」

米倉の悲鳴が聞こえてきた。

「あの者、連れてくるんじゃなかった。高すっぽさんに後ろから斬りかかり、あっさりと避《よ》けられて脇腹を木刀で叩かれたとき、いったんお払い箱にしたのよ。でも、ひとりでも味方が多いほうがいいかと考えたのが間違いのもとだったわ」

しまが嘆息し、尋ねた。

「最後の問いとはなに」

「神父剣士どのと立ち合うとき、われら、どうすればよいのですか。生きて捕らえるのか、それともこの島で命を絶つのか」

しまが空也を改めて見て、

「東郷示現流の追捕を受けるだけのことを薩摩で働いたのね」

と空也の問いには答えず、反問した。

「しまさん、それがし、曰くなき殺しをなしたことはございません。尋常勝負か、どなたかの身を守るために戦うてきたのです」

「高すっぽさん、詫びるわ。人殺しと一緒にして悪かったわね」

空也に詫びたしまが、

「マイヤー・ラインハルトは南蛮人や紅毛人《こうもうじん》の住む欧羅巴なる地の剣術大会で一位になったこともある相手よ。生きて捕らえるなんて難しい」

「すぐに殺せ、と申されますか」

「高すっぽさん、ラインハルト神父を生きて長崎に連れ帰れば、この人物を匿《かくま》った隠れ切支丹を捕縛《ほばく》することになるわ。一つの命で事が済むならば、それに越したことはないでしょう」

しまが言い切った。

よろよろと米倉らが姿を見せた。

「少し休ませよ」

と言った米倉は大汗をかいていた。その腕に抱えていた焼酎の瓶に口をつけて、音を立てて飲んだ。

「ほれ」

と仲間に渡した。

この分では野首の隠れ切支丹、なかんずくマイヤー・ラインハルトに空也らの行動はすでに知られているような気がした。

三

空也は小便をしたくなって目が覚めた。

昨日の夕暮れ前、野首近くの林の中に、小値賀島の島民が野崎島に鹿狩りに来るときに使うという小屋二軒を見つけた。

二軒は半丁ほど離れていて、一軒は六畳ほどの広さ、もう一軒は三畳ほどの小屋だった。

しまと空也が広い小屋で慌ただしく夕餉の仕度をする間に、米倉ら六人は焼酎を飲み始めた。二人は早々に夕餉を済ますと、狭いほうの小屋に移ることにした。

「しま、稚児《ちご》が好みか」

すでに焼酎に酔った米倉がしまに言った。だが、しまはなにも答えず空也を促すと、さっさと狭い小屋に移った。一畳ほどの板敷きをしまの寝場所にすると、空也は土間の隅に積んであった筵《むしろ》の上に修理亮盛光を手に腰を下ろした。

「高すっぽさん、もはやラインハルト神父に私たちのことは知られているわね」

「間違いありません。あのように焼酎を飲みながらの山歩きです。われらの行動はとうに知られています」

「となると勝負は明日」

「ということです」

と応じた空也は、

「お休みなさい」

としまに挨拶すると両眼を閉じた。

次の瞬間には、眠りに落ちた空也の寝息がしまの耳に届いた。

そして、空也が目覚めたのは六つ（午前六時）前の刻限と思えた。

空也は、しまが未だ眠っていることを暗闇《くらやみ》の中で感じつつ小屋の外に出た。林の中で小便をしていると、うっすら夜が明けてきた。するともう一軒の小屋が樹々の向こうに確かめられた。

そのとき、空也は異変を感じ取った。

小屋に戻ると、戸口からしまに声をかけて起こした。

「どうしたの」

「米倉どのの小屋の様子がおかしい」

しまが身仕度をする気配があって、すぐに外に出てきた。その手には堺筒があった。

「おかしいってどういうこと」

「気配が感じられないのです」

「焼酎を飲み過ぎて眠り込んでいるのではないの」

空也は顔を横に振って否定し、小屋に入ると大小を腰に差し、道中嚢と木刀を手にした。

ふたりはもう一軒の小屋を訪れた。戸は閉められていたが、開けてみるまでもなく、気配がないことをしまも感じ取った。それでも戸を空也が開けた。

焼酎の匂《にお》いが漂ってきたが、小屋は無人だった。空也が小屋の中を調べた。昨夜、別れたときのままで、争ったような形跡もなかった。

「どうしたのかしら」

空也は黙考した。

「もしや抜け駆けして神父剣士を襲ったということはありませんか」

「あり得るわね。お金が欲しいのよ」

「しまさん、そのお金を身につけているのですか」

「まさか、餓狼《がろう》のような連中と付き合うにはそれなりのコツがいるの。高すっぽさんとは奈良尾のめし屋で会ったわね。あそこの主に預けてあるの。米倉たちがよしんばラインハルト神父を仕留めたとしても、奈良尾まで戻らなければ約束の金子は手にできないわ」

「米倉どのはそのことに気付いていませんよね」

「そうね、気付いてはいないわ」

しまが言い切った。

「となると、考えられることは一つしかない。野首の隠れ切支丹の教会にいるであろうラインハルト神父を、酒に酔った勢いで襲う」

「行きましょう」

しまが空也に言った。

狩猟小屋と野首にある教会とはさほど離れてはいない。だが、カンコノキと椿が生い茂った起伏のある林を抜けなければならなかった。

空也が先に立ち、しまが従った。

一丁も歩かないうちに空也は血の臭いを嗅《か》ぎ取った。

「しまさん、気をつけられよ」

後ろから来るしまに声をかけ、木刀を握り直した。

空也の足が突然止まった。

「どうしたの」

しまは長身の空也に視界を遮られていた。空也が横に身をずらし、しまが視線の先の異変を凝視し、呟いた。

「宇野村《うのむら》さん」

六人の中でいちばん年長の剣術家は、喉元《のどもと》を斬り裂かれて椿の幹元に寄りかかっていた。

空也は喉元の傷を調べ、刀で斬られた痕《あと》ではないと思った。刃が柔軟に曲がる剣による傷痕に見えた。斬られたのは一刻ほど前か。

「しまさん、ラインハルトの仕業です。おそらく、いちばん後ろを離れて歩いていた宇野村さんを待ち伏せして、一瞬で斬り伏せたと思えます」

「残りの五人はどうなったの」

しまの問いに空也も答えられない。ただ予測はついた。だが、人の生き死にを軽々しく口にはできないと思った。

年（一八八二）に新たな木造教会として再建され、さらに明治四十一年（一九〇八）十月、教会建築の名匠鉄川与助《てつかわよすけ》の手によって煉瓦《れんが》造りの野首教会が完成する。

これから先、迫害と再建の歴史を歩む教会は、海に向かって石垣の上に密やかに建っていた。

二人が立つ場所から二丁半ほど、赤茶けた草原が開けていた。身を隠す場所などどこにもなかった。

「しまさん、海側から回り込みましょうか。少しでも早く教会に近付いておくのが肝心です」

空也の提案にしまが頷いた。

二人はいったん林の中に身を隠し、小値賀島を望む海側の崖に下りていった。

空也は米倉らが同じことを考えた痕跡《こんせき》を崖の獣道に見つけた。人が歩いた跡があったからだ。

空也は、

（米倉某と残りのふたりがマイヤー・ラインハルトと出会《でくわ》したのか）

と考えながら崖の獣道を行くと、

「なんとしたことが」

と呟き、足を止めた。

「どうしたの」

空也は場所をしまに譲った。崖の草むらにもう一つの骸が転がっていた。

「鎌田《かまた》さん」

しまが同行してきた剣術家の一人であることを認めた。

だが、こたびの死因はサーベル剣による斬傷ではなく、見慣れない短矢で心臓《しんのぞう》を射貫《いぬ》かれていた。

「しまさん、そなた、ラインハルトが異国の弓を使うと承知で、堺筒を持参されたのですか」

空也がしまに質した。

「まさか。ラインハルト神父が異人の弓を使うなんて知らなかったわ。この期《ご》に及んで嘘はつかない」

しまが抗弁した。

空也は首にかけた、古網と小石で造った不格好な飛び道具でどうにかできるだろうかと思案に暮れた。

「残るは米倉どののともうひとりです」

れて息絶えた。

教会の中では、まだ戦いが続いていた。

残る一人、石垣智吉は孤軍奮闘していた。

空也は石段から教会に上がりかけて足を止めた。

「どうしたの」

「なにかおかしい」

「どういうこと」

「分かりません」

空也は、武者修行で経験したことのない不安に苛《さいな》まれた。

「どうするの」

「しまさん、裏手に回ってくだされ」

としまに願った。

しばし間を置いたしまが、手に堺筒を構えながら教会の裏手に回った。

ラインハルトと石垣智吉が戦っているかぎり、空也もしまも安全のはずだ。だが、戦いが続く教会の中に踏み込むべきか、空也は迷っていた。

戦いは一段と激しさを増した。

空也は石垣智吉が一対一になって力を発揮し始めたと思った。

「凌《しの》いでくだされ」

心の中で願った空也は石段に一歩足を乗せた。

そのとき、里道の下から話し声が聞こえてきた。

隠れ切支丹なのか、黒衣の衣装に白い面紗《ベール》を頭に載せた四人の女たちが野首教会に礼拝に来たのであろうか。

空也は石段にかけた足の向きを変えて里道を走り下っていった。

「来てはなりませぬ」

「どげんしたとですか」

女の一人が空也に質した。

「ラインハルト神父と本日会うのはやめたほうがよい」

「なにがあったと」

いちばん前に立つ女が空也を見て、

「まさか宗門改めな」

「それがしがですか。違います」

「ならばなんな」

うたい」

「神父ではありません。長崎の町で辻斬りを働いた下手人です」

「そげんこつがあろうはずなか」

「いえ、血塗れの剣をとくと見てください。あの者は人殺しです。ここを動いてはなりませぬ」

と命じると、ふたたび空也は里道を教会へ向かってゆっくりと歩いていった。

四

空也は歩きながら道中嚢を、そして道中羽織を里道に脱ぎ捨てた。首には津和崎鼻で造った、古綱に小石を包んだ手製の飛び道具が掛かっていた。

空也は武人の本能で生死をかけた戦いになることを悟っていた。

階段上の露台に立つ異人剣士の動きを見据えながら、手製の飛び道具を首から外した。

ラインハルトが教会前の露台の手すりに片手をかけ、
ひらり

と軽やかに、緩やかな赤土の斜面に飛び下りてきた。

米倉と石垣智吉を斃した異人剣士は、空也との勝負の場に野崎島の斜面を選んだのだ。

空也は足を止めて、階段下の斜面に転げ落ちた石垣智吉を、そして露台下の草原に転がる米倉の骸を見た。

教会内に侵入した二人の体には幾筋もの傷があって、全身が血に染まっていた。

(許せぬ)

という思いが空也の胸中にふつふつと湧《わ》いてきた。

信徒たちに教えを説くべき神父がサーベル剣の技を振るい、陰で生身の人間を斬り刻む所業をなしていた。なんのための信仰か、なんのための殺戮か。殺しに快感を覚えたのか。そのことが空也を怒りに駆り立てた。

(空也様、怒りに走ってはなりませぬ)

空也の胸中に眉月の無音の声が響いた。

「ふうっ」

と一つ息を吐いた空也は憤怒の感情を抑えた。

手造りの飛び道具を右手に、左手には木刀を摑み、二つとも提げて持った。

ラインハルトは空也の奇怪な行動を凝視すると、初めて空也に体を向けた。

ラインハルトと空也は野首教会の前の緩やかな斜面で向かい合った。

間合いは十間ほどか。

「マイヤー・ラインハルト、神に仕える身でありながら、殺しを重ねた所業、許せぬ」

と宣告した。

空也の和語が分かったかどうか、異人が蔑《さげす》むように笑った。そして、

「オマエ、シヌネ」

と片言の和語で応じた。

神父剣士は、空也に向かって半身の体勢をとり、サーベル剣を右手一本で突き出すように構えた。

それに対して空也は、右手に持った手製の飛び道具を体の前でぐるぐると回し始めた。

改めてラインハルトと空也は一瞬だけ視線を交わらせた。それはほんの一瞬のことで、ラインハルトは直ちに軽やかな足の運びで間合いを詰めてきた。それはこれまで空也が体験したことのない動きだった。

流儀は異なっても和国の剣術には、基となる構えが、技が、戦いの流れがあった。だが異人の剣技は、すべてが初めての経験だった。

空也は片手で古網に包まれた小石を握り、もう一方に結ばれた石を、ぐるぐると回転させながら、戦いの場に歩を進めた。

ラインハルトのサーベル剣が野崎島の島風に同化してしなやかに揺れ動き、一気に間合いを詰めてきた。

飛び道具を使う機会を空也は入った。

剣の切っ先がいつ突き出されるのか、前触れの動きと渾身の一撃を見極めるのだ、と己に言い聞かせた。

サーベル剣が、空也の前面で回転する小石の間を縫って突き出された。剣の切っ先は空也の予測をはるかに超えた速さで古網を断ち切ろうとした。だが、空也が手首の動きを微妙に変えたために、切っ先に小石が触れてぶれた。

空也は小石をサーベル剣に巻き付けようとしていた。

一方、ラインハルト神父は切っ先で古網の紐を断ち切ろうとした。

両者の試みは失敗に終わり、ふたたび間合いが取られた。

空也の木刀は未だ左手に握られたままだ。

ラインハルトが異人の言葉でなにかを叫んだ。気合いの声だろうか。左手を軽く虚空に上げ、前方に突き出した剣と均衡をとったかのように空也には感じられた。

これが異人の剣法の基だと空也は悟った。

空也は手製の飛び道具を体の前で回転させ続けていた。

ラインハルトの動きが軽やかにも素早く変わった。

空也より四、五寸は背丈のあるラインハルトの腰が沈み、斜面を滑るように間合いを詰めてきた。

その瞬間、空也はラインハルトが発する殺気とは別の気配を感じ取った。しまが醸し出す気配か、と空也は一瞬思った。だが、今は眼前の敵に集中すべきだ。

サーベル剣の切っ先が複雑に揺れて空也の喉を狙って大胆に突き出された。

空也は下がらず、剣先に手製の飛び道具を巻き付けた。だが、ラインハルト神父は委細構わず踏み込んで、空也の喉元を斬ろうとした。なんとも凄まじい腕力だ。

空也はサーベル剣に巻き付けた紐を横手に引き、その動きに合わせて反転して、左手の木刀でラインハルトの脛《すね》を叩こうとした。だが、ラインハルトが法衣を翻《ひるがえ》して避けたために掠《かす》めただけで終わった。

次の瞬間、サーベル剣に巻き付いた古網の紐が、

パツン

と音を立てて切れた。

空也は手に残った小石と途中で切れた紐を捨てた。そして、木刀を右手に持ち替えた。

ラインハルトも自らの剣に絡まった飛び道具の残骸を振り捨てた。

改めてラインハルトと空也は、サーベル剣と木刀で対戦することになった。

空也は、木刀を右蜻蛉に構えた。

ラインハルトは右手にサーベル剣を構えた半身だ。

間合いは一間半。

空也は肚の底から野太刀流の猿叫を発した。

「きぃえー！」

野崎島じゅうに響き渡る叫びだった。

ラインハルトも短く気合いを発して呼応した。

二人は同時に踏み込んだ。

右蜻蛉から、腰を沈めながら片足を踏み出しての掛かりで空也が木刀を打ち下ろすと、ラインハルトは、臆することなく踏み込んでサーベル剣を空也の喉元に突きつけた。

木刀とサーベルが相手の命を絶つように交錯した。

だが、思いがけないことが両者に起こった。

ラインハルトの切っ先は空也が腰を沈めたために鬢《びん》を掠め、空也の木刀は打撃をラインハルトが左手で払ったために、横手に流れた。

両者は同時に飛び下がった。

空也の鬢から血が流れてきた。

ラインハルトは左手が痺《しび》れていた。空也の木刀を素手《すで》で払ったためだ。

二人は弾む息でお互いを見つめた。

その瞬間、空也の眼の端に訝しい姿が映った。なんとラインハルトと瓜《うり》二つの異人が、露台上で弓を構えて空也を狙っていたのだ。

(ラインハルトがふたり!)

空也は矢から逃れる機会を失したことを悟った。

ラインハルトを見た。
「ワタシタチ、フタゴネ」
眼前のラインハルトが勝ち誇った笑い声を上げた。
なんと異人剣士は二人いたのだ。
空也は手にしていた木刀を置いた。
（死すならば修理亮盛光を手にして死す）
覚悟を決めた空也は、視線をサーベル剣を持ったラインハルトに預け、右手を
ゆっくりと修理亮盛光の柄にかけた。
両眼は閉じなかった。
（捨ててこそ）
武者修行の最初に出会った遊行僧の無言の教えが胸の中で木霊《こだま》した。
死の覚悟で生の活路を見出せるか。
空也は死を想起した。
次の瞬間、弦音《つるおと》ではなく銃声が野首教会に響き渡った。
「うむ」
剣を持ったラインハルトが教会の露台を眺めた。

弓を手にしたほうのラインハルトが露台の手すりにもたれかかり、その背後に両手で堺筒を構えたしまが緊迫の表情で立っていた。

空也はしまに硬い笑みを送ると、剣を持っているラインハルトに視線を戻した。怒りとも哀《かな》しみともつかぬ表情の神父剣士が空也を見た。

「マイヤー・ラインハルトどの、改めて尋常勝負をいたそうか」

空也の言葉が分かったかどうか、紅潮した顔で小さく頷いたラインハルトが半身の構えに戻した。

空也のほうから間合いを詰めた。

互いに一撃必殺の間合いで睨み合った。

空也は、両手をだらりと垂らした。

異人剣士にとって、刀の柄から手を離すことは戦いを放棄したに等しかった。

すっ
と空也の腰が前屈《まえかが》みに沈んだ。

そのとき、ラインハルトもその動きが空也の技の一環だと気付いたか、存分に踏み込み、空也の胸に狙いを定めた必殺の、

「突き」

を繰り出した。

その間もラインハルトは空也の動きを見ていた。

空也は修理亮盛光の上刃をくるりと下刃に変えた。右手が柄にかかると一気に抜き上げられ、一条の光に変じて虚空を舞った。

（なんという剣技か）

ラインハルトは一瞬、空也の抜きに魅惑されていた。その分、突きが鈍《にぶ》った。

虚空に舞った刃がラインハルトの腋下《わきした》から心臓へと走り、深々と両断していた。

（なにが起こったのか）

突きが先んじていた。にも拘《かかわ》らず相手の刃が己の命を絶とうとしていた。

（なぜだ）

マイヤー・ラインハルトは分からぬまま、あの世へと旅立った。

露台上のしまは、茫然自失して空也とラインハルトの戦いの決着を見ていた。

斃れたのは、長崎で武家方ばかりの辻斬りを行ったラインハルト兄弟の二人だった。

一方、後《ご》の先《せん》で神父剣士を斃した空也は静かに立っていた。

出島の商館にいたはずのラインハルトが、なぜ出島を抜け出して辻斬りを繰り返したのか、その真意は分からずに終わった。だが、双子ということを秘密にしていた兄とその弟が、お互いに助け合いながら凶行を繰り返してきたことは容易に察せられた。

しまは空也に注意を戻した。

野太刀流の、

「抜き」

の一撃で勝ちを得た空也の口から、

「坂崎空也、三番勝負」

との呟きが洩れたのを、しまは確かに聞いた。

四日後、空也の姿は野崎島の東海岸野首の浜にあった。

空也は、未明の八つ（午前二時）からこの浜で飽きることなく独り稽古を繰り返していた。

野首教会の戦いのあと、しまと空也はあと始末に追われた。

あの戦いを偶然にも見ることになった隠れ切支丹の女たちが騒ぎの一部始終を

野崎島の長に報告し、そのうえで小値賀島にしまの使いとして行かされた。そこで小値賀島より男衆が野崎島に渡ってきて、小値賀島と野崎島の長、しまの三人が話し合い、野首教会の横手にある小高い丘に八人の亡骸《なきがら》が埋葬されることになったのだ。空也は奈良尾の治助が認めてくれた野崎島の長宛ての書状を見せ、宗門改めではないことを知らせた。

この経緯を長崎奉行所に告げるとしたら、大村藩の外海から「居着百姓」として入った者たちが隠れ切支丹であることが公にもなる。

こたびの騒ぎは、だれにとっても野首教会のかたわらに無名の八人の墓所を設けて埋葬するのがよいと判断された。

そして、その日のうちに埋葬が行われた。

空也にとって、この界隈の島人や隠れ切支丹が立ち会っての弔《とむら》いは感動的な経験だった。

讃美歌の美しい歌声は空也の胸に染みた。

弔いが終わったあと、

「高すっぽさん、あなたはどうするの。この騒ぎが薩摩に伝われば高すっぽさんがこの島にいることが分かるわ。私と一緒に長崎に行かない。長崎は幕府の直轄地だから、東郷示現流といえども無法なことはできない」

と誘われた。

「しまさん、それがしのことはご案じめさるな」

空也の返事に首肯したしまが、

「そうね。あなたならどこでも生き抜いていけるわ」

と言い、

「いいこと、この西国で困ったことが生じたら、長崎に私を訪ねてきて」

と言い添えた。

「しまどの、で通じますか」

空也が笑いながら質した。

「私たち、高すっぽとしまで通してきたわね。所変われば品変わる。長崎会所では高木《たかぎ》麻衣《まい》と呼ばれているわ、坂崎空也さん」

としまが応じたものだ。

しまは、やはり長崎会所の女密偵のようなものかと空也は推量した。

「それがしの名をどうして」

「さて、どうして知ったのでしょうね」

と微笑んだしまは、その日のうちに小値賀島の長の書き付けを携えて、長崎へと特別仕立ての船で姿を消した。

書き付けにはマイヤー・ラインハルトと米倉ら八人の死の経緯が虚構をまじえて書かれてあった。


この日の夕暮れ前、野首の浜の沖合に懐かしい船影が姿を見せた。人吉藩や福江藩と関わりが深い肥後丸だ。

空也は旅仕度を終え、肥後丸から伝馬《てんま》が下ろされて浜に向かってくるのを待った。

伝馬には肥後丸の最年長、舵方の有明丸が乗っていて、

「高すっぽどん、新年おめでとうございますばい」

と新玉《あらたま》の年を寿《ことほ》ぐ挨拶をした。

「おや、新年を迎えましたか」

空也は十九歳になったことが実感できなかった。未だ修行の身だ。

「高すっぽどん、あんたさんにゃ、五島列島は狭すぎたな」

「いえ、十分に堪能いたしました」

伝馬が舳先を浜に突っ込ませて止まった。

空也は伝馬の舳先を押しながら波間に戻し、自らも飛び乗った。

「よう戻んなさったな。福江島でくさ、高すっぽどんは評判たい」

「なんぞございましたか」

「長崎で辻斬りば働いた神父剣士を始末したという噂たい」

「有明丸どの、この野崎島には、隠れ切支丹もいなければ、さような神父どのもおられませんでした。いささか退屈しておったところに肥後丸の到来、助かりました」

「ふっふっふ」

と笑った有明丸が、

「噂どおりならたい、褒美《ほうび》ば考えんばならんと船頭どんが言うちょったが、褒美はいらんな」

「褒美をそれがしが貰えるのですか」

「おお、治助主船頭が薩摩の麓館からの文を預かっとるたい」

なんと、渋谷重兼の書状がこの五島の辺鄙な島に届けられたのだ。当然、眉月の文も同封されていると思えた。

「有明丸どの、噂は存じませぬが、文は有難く頂戴いたします」

「よかよか」

伝馬は肥後丸に近付いていった。操舵場に奈良尾の治助が立っていて、空也に会釈を送ってきた。

「高すっぽどん、何処へ行くとな」

有明丸が空也に訊いた。

「それは治助どの方のお知恵を借りてから考えます」

と答えた空也だが、胸の中には漠たる次の修行場所があった。

寛政十年（一七九八）正月元日のことだった。

文春文庫

剣《けん》と十《じゆう》字《じ》架《か》

空《くう》也《や》十《じゆう》番《ばん》勝《しよう》負《ぶ》（三）決定版《けつていばん》

定価はカバーに
表示してあります

2021年10月10日　第1刷

著　者　佐《さ》伯《えき》泰《やす》英《ひで》

発行者　花田朋子

発行所　株式会社　文藝春秋

東京都千代田区紀尾井町3-23　〒102-8008
TEL　03・3265・1211㈹
文藝春秋ホームページ　http://www.bunshun.co.jp

落丁、乱丁本は、お手数ですが小社製作部宛お送り下さい。送料小社負担でお取替致します。

印刷製本・凸版印刷

Printed in Japan
ISBN978-4-16-791761-6